www.loqueleo.com

© 2002, Edna Iturralde
© De esta edición:
2017, Santillana S. A.
Calle de las Higueras 118 y Julio Arellano, Monteserrín
Teléfono: 335 0347
Quito, Ecuador

Av. Víctor Emilio Estrada 626 y Ficus, Urdesa Central
Teléfono: 261 1460
Guayaquil, Ecuador

ISBN: 978-9942-19-804-4
Derechos de autor: 016698
Depósito legal: 002162
Impreso en Ecuador por Imprenta Mariscal

Primera edición en Santillana Ecuador: Junio 2002
Primera edición en Loqueleo Ecuador: Junio 2017
Décima séptima reimpresión en Santillana Ecuador: Junio 2017

Editora: Annamari de Piérola
Ilustraciones: Santiago González, Marco Chamorro y Luis Bencomo
Ilustración de los mapas: Juan Francisco Meza
Diagramación: Fernanda Tufiño
Supervisión editorial: Alejo Romano

Caminantes del Sol

Inti runañan

Edna Iturralde

loqueleo

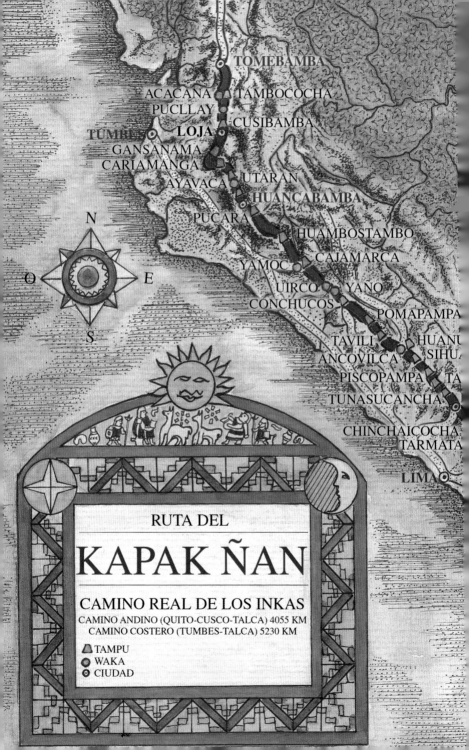

TOMEBAMBA

ACACANA — TAMBOCOCHA
PUCLLAY
CUSIBAMBA
TUMBES
LOJA
GANSANAMA
CARIAMANGA
AYAVACA
UTARAN
HUANCABAMBA
PUCARA

HUAMBOSTAMBO

YAMOC
CAJAMARCA

UIRCO
YAÑO
CONCHUCOS
POMAPAMPA

TAVILI
HUANU
ANCOVILCA
SIHU
PISCOPAMPA
TA
TUNASUCANCHA

CHINCHAICOCHA
TARMATA

LIMA

N
O
E
S

RUTA DEL

KAPAK ÑAN

CAMINO REAL DE LOS INKAS
CAMINO ANDINO (QUITO-CUSCO-TALCA) 4055 KM
CAMINO COSTERO (TUMBES-TALCA) 5230 KM

△ TAMPU
◉ WAKA
◎ CIUDAD

AMÉRICA DEL SUR

QUITO

TUMBES

CHACHAPOYAS

CUSCO

LIMA

LAGO TITICACA

LA PAZ

SANTIAGO

TALCA

...PA

...U

CHAICOCHA

JAUJATAMBO

...ANGA

...CAS-HUAMAN

ANDAHUAILAS

COCHACAJAS

ORÁCULO DEL APURIMAC

RIMACTAMPU

APACHETA

PUENTE DEL APURIMAC

URKUSKALLA

CUSCO

HUANACAURI

LAGO TITICACA

OCÉANO
PACÍFICO

Dedicatoria

A todos los niños y niñas de la etnia saraguro,
quienes inspiraron este libro;
a mis nietos, Chaz y Tacéo;
y a mis hijos, Nicholas, Teddy,
Carolina, Willem, Eric y Diana,
que son dueños de mi corazón,
con todo mi amor.

Agradecimientos

A Waldemar Espinoza Soriano, historiador
de la Universidad Nacional Mayor San Marcos
de Lima, por su paciencia, gentileza y sentimientos
fraternos hacia mi patria.

A Segundo Moreno Yánez, antropólogo
de la Pontificia Universidad Católica del Ecuador,
por su amabilidad en orientarme
en las investigaciones preliminares.

A David T. Lindgren, María Rostworowski de Diez Canseco, Juan Ossio Acuña, Guadalupe Cruz de Dunnenberger, Krzysztof Makowski y Eduardo Jahnsen Friedrich.
A Segundo Saca Quizhpe, especialista en lingüística andina, quien me guio en la grafía panandina unificada de la lengua kichwa.

A María Gabriela Albuja, Ángel Medina Lozano, Luis Contento Lapu, Segundo Francisco Saca Quishpe, Silvia Gonzáles Medina, Rosa Delia Quishpe Macas, Aurelio Chalán Guamán, Manuel Encarnación Quishpe Macas, Efraín Sarango Ulloa, Fanny Tene Sarango, Polivio Minga Ambuludid, José Francisco Sarango Quishpe, Sabino Ortega Suquilanda y Luis Quishpe Quishpe.

...y aprendí que somos parte de los pueblos originarios andinos, profundamente unidos en una identidad sin fronteras.

Índice

Prólogo

Esta narración, que es una historia novelada, une y hermana a nuestros pueblos que comparten profundas raíces indígenas.

Edna Iturralde nos relata las aventuras de Kispi Sisa ('Flor de Cristal' en castellano), una niña que, por los azares de la vida, no llegó a ser sacrificada en el Cusco en honor al Sol, pese a haber sido preparada para cumplir tal finalidad. Las escenas se desarrollan en la capital del Tahuantinsuyo y en los tambos, *llactas*, y hasta en los puentes de tránsito (como el del río Apurímac) a lo largo del camino desde el Cusco rumbo a Cusibamba. Consecuentemente es la versión novelada, una sugestiva narrativa del desplazamiento de un *ayllu* de incas cusqueños trasladados a Saraguro en calidad de *mitmas*.

El relato se desenvuelve durante el gobierno de Túpac Inca Yupanqui, segundo emperador del Tahuantinsuyo, hijo de Pachacútec, el fundador del imperio de los incas. Hay bastante recreación literaria sobre un fondo de realidad de escenarios y personajes que existieron de verdad, bien que esas recreaciones de la autora armonizan perfectamente con la auténtica grandeza del Tahuantinsuyo, estado que pudo y supo rescatar, acumulando, todas las experiencias anteriores a él para ponerlas al servicio de sus súbditos. De ahí que configura un relato donde seres humanos y entes divinos dialogan entre sí, e incluso con algunos animales, como el puma, por ejemplo. Es tan conmovedora que hasta la momia del *sapainca* Pachacútec habla aquí con suma naturalidad a unos niños, en un contexto encantador que fascinará a los pequeños lectores. Pero son recreaciones literarias apuntaladas en un cúmulo apreciable de fuentes concernientes a varios aspectos de la vida privada y pública del incario.

Así, la extenuante caravana de *mitmas* avanza por itinerarios, tambos y asentamientos urbanos que existieron en el siglo XV, describiendo, además, el clima y los paisajes por los cuales transcurre su viaje. Por lo que expresa la autora, dicha multitud estaba compuesta por incas de privilegio, que quedaron establecidos en Saraguro para siempre con el nombre de *collanas*, lo que equivale a decir 'los principales, los primeros socialmente' en la mencionada comarca, con la misión, de modo análogo, de vigilar y regentar un tambo en Cusibamba, considerado como el más estratégico en el perímetro septentrional del Chinchaysuyo. Los *mitmas* incas en Saraguro, de conformidad con las fuentes históricas, cumplieron funciones de administración imperial.

En lo que atañe a figuras de la vida cotidiana y actos rituales, la inspiración evocativa de Edna Iturralde es vibrante con el objetivo de revivir entre los niños modernos el pasado incaico. No cabe duda, es la sección más impactante de su texto, por ejemplo, cuando habla de los sacrificios de los niños y niñas de piel y cutis inmaculados en homenaje al Sol y otras divinidades mayores en la sociedad andina. Pero hay que aclarar que constituyeron ofrendas máximas con la meta de asegurar el orden social en el cosmos andino. De ahí que las familias y etnias a las que pertenecían aquellas criaturas elegidas se sintieran felices y orgullosas.

El *huarachico*, rito festivo de iniciación para pasar de la adolescencia a la edad viril, también existió. Los *acllahuasis*, recintos que albergaban a mujeres escogidas por su habilidad en el tejido, funcionaron similarmente en todos los asentamientos urbanos del imperio del Tahuantinsuyo, desde Caranque (en el norte de Quito) hasta El Shingal (en la sierra argentina). Los actos mágico-religiosos que motivaban los eclipses de sol y luna, mencionados por la autora, están certificados por los cronistas de los siglos XVI, XVII y XVIII. Lo mismo hay que manifestar de las divisiones en mitades o bandos de lo alto y bajo, es decir, *anan* y *urin*, uno de cuyos objetivos era fomentar la emulación no para pelear sino para llevar a cabo las cosas cada vez mejor.

De todas maneras, como sucede con las narraciones escritas especialmente para niños, no todo tiene por qué ir ceñido estrictamente al ciento por ciento con la realidad acaecida. Por eso, como ocurre con las descripciones históricas más cercanas a la literatura, esto la convierte en un producto exitoso en el ámbito de la edad escolar. La opulencia de recreaciones y las aventuras de los principales personajes son en el presente libro propicias para la mentalidad e imaginación infantiles. Por ejemplo, aquel episodio emocionante por la vivacidad de la escenificación referente al cruce del alto y bamboleante puente colgante sobre el río Apurímac (cap. IX). Esto familiariza al lector con el ambiente, pues el relato adquiere cuerpo con imágenes llenas de dinamismo.

Estoy seguro de que los niños de los países andinos sacarán buenas enseñanzas de este libro, como que los incas únicamente eran sucedidos en el gobierno por sus hijos mejor preparados, más responsables y de más alto rendimiento en la administración estatal. Todo lo cual no es una quimera sino una verdad incontrovertible.

Al parecer, no pocos de los saragureños actuales, como todo habitante del mundo andino, piensan que el régimen económico incaico volverá a ser restablecido en algún día del futuro para restituir el orden y el equilibrio social. Esta idea une a los *atunrunas* (*jatunrunas*) del espacio andino (Ecuador, Perú y Bolivia), lo que advierte que la historia, bien entendida en cualquiera de sus modalidades, es una disciplina que amiga o confraterniza a los pueblos.

Por último, me siento honrado de ver que entre las numerosas obras que ha consultado la escritora Edna Iturralde figura mi libro *Los incas* para reconstruir con diafanidad muchos aspectos andinos, principalmente cuando habla de la persona del *sapainca*: el único rey o rey de reyes del Tahuantinsuyo.

Waldemar Espinoza Soriano

Capítulo I
El *kuraka* Apu Puma

Un rumor misterioso, como el zumbido de miles de abejas gigantescas, comenzó lentamente a agitarse desde el otro lado de las cumbres rocosas. A pesar de que era una mañana soleada, el rumor se convirtió en un retumbar de truenos. La tierra pareció temblar, las piedras sueltas de las laderas rodaron levantando pequeñas nubes de polvo y la montaña arrojó diez mil guerreros que bajaron por el camino empinado.

Adelante, cubiertos con la piel y la cabeza de puma, iban los que tocaban los *wankar*[1], tambores de guerra, algunos confeccionados con piel humana. Luego venían los lanceros con los rostros pintados, y sus lanzas decoradas con plumas y borlas. Seguían los arqueros

---

[1] Grafía panandina, oficializada el 18 de noviembre de 1985.

con sus flechas de carrizo y puntas de hueso, que colgaban a su espalda dentro de un carcaj de piel de llama. Después, los honderos, llevando en sus manos las temibles *warakas*[2] para lanzar piedras y las pesadas porras.

Un gran número de barredores limpiaba el camino, de tal manera que no quedara ni una sola piedra ni hierba a la vista.

El viento trajo el ulular triste de los *pututus*, las trompetas de caracola que tocaban los *chaskis*, los mensajeros de postas que bajaron corriendo la montaña.

La gente de los alrededores se acercó curiosa.

Una litera de oro, llevada en hombros, avanzaba ceremoniosamente. De un lado estaban esculpidas las imágenes del Sol y de la Luna y del otro, las de dos culebras entrelazadas. De las andas salían dos arcos altos hechos de oro y piedras preciosas, de donde colgaba una cortina morada, de tal manera que la persona que se encontraba dentro no podía ser vista.

---

[2] Los plurales están castellanizados para facilitar la comprensión del texto.

Un murmullo de miedo y asombro salió de la muchedumbre al reconocer la litera, y la gente se arrodilló a los lados del camino gritando:

—*¡Ancha jatun apu! ¡Intipachuri!* ¡Grande y poderoso Señor! ¡Hijo del Sol!

—*¡Ancha jatun apuuu! ¡Intipachuriii!*

Dentro de la litera se encontraba el *sapa inka*, Rey de Reyes, el Hijo del Inti, el dios Sol, el único mortal que podía beber su luz. Era Tupak Yupanki, el Resplandeciente, décimo primer *sapa inka* y segundo emperador del Tawantinsuyu, el imperio de los cuatro *suyos*, las cuatro regiones del mundo.

Tupak Yupanki volvía a la *jatun llakta*, la gran ciudad del Cusco, corazón y cabeza del Tawantinsuyu, luego de varios años de guerra. Regresaba de Suvanpali, en el Chinchaysuyu, la región donde se podía observar al Sol en su mayor esplendor mientras recorría el firmamento. Años más tarde, su hijo Wayna Kapak, quien había nacido allí, cambiaría el nombre de Suvanpali, por el de Tumipampa en honor a su *panaka*, el clan al que pertenecía.

Era el mes de enero de 1485. En ese mes se celebraba la festividad del Mayukati, en honor de las aguas de los ríos que iban a dar en la Mama Kucha. En esa fiesta, el *sapa inka* acostumbraba a invitar a todos los que vivían alrededor del Cusco, especialmente a los llamados *inkas* de privilegio, para compartir con ellos esos rituales.

A la entrada de la ciudad, los guerreros se abrieron en dos columnas para dejar paso a la litera. Aunque Tupak Yupanki tenía su propio palacio, esa vez sería llevado hacia el Kurikancha, recinto de oro, el templo dedicado al dios Sol, y el lugar más sagrado de la ciudad.

En la plaza mayor, Awkaypata (que estaba cubierta por arena fina traída del mar), la gente (en su mayoría de la nobleza *inka*) también se arrodilló al paso del soberano. Entre ellos, un hombre mayor, con grandes discos de plata insertados en los lóbulos de sus orejas, observaba el paso del *inka*. Era el *kuraka* Apu Puma, Jefe León, quien se encontraba en la ciudad para celebrar las festividades de ese mes. Esa misma mañana había sido notificado por mensajeros que el soberano quería hablar urgentemente con él. Esto lo hacía sentirse inquieto. Generalmente, cuando el *inka* quería ver a uno de sus súbditos con tanta urgencia no era un buen augurio.

Los *kurakas* eran jefes de los pequeños o grandes reinos que habían sido conquistados por los *inkas* y Apu Puma era el líder de un antiguo y noble pueblo de *kullanas*, las primeras familias que originalmente habitaron en el Cusco antes de la llegada de los *inkas*. Su gente llevaba el título honorífico de *inkas* de privilegio.

Apu Puma se puso de pie una vez que la litera pasó de largo por la plaza. Justo en ese momento sintió que una mano lo tomaba por la *llakulla*, su capa de fina alpaca. Cuando volteó la cabeza se encontró con Urku Amaru, Serpiente de Cerro, uno de los sacerdotes del templo del Sol.

El *kuraka* tiró con desprecio el filo de su capa, obligando al sacerdote a soltarla. No sentía ninguna simpatía por Urku Amaru, quien era conocido en el imperio por sus acciones malvadas y su falta de cortesía.

—Saludos, Apu Puma. La Luna ha muerto doce veces desde la última vez que nos vimos —saludó el sacerdote.

—Saludos, Urku Amaru —contestó el *kuraka*—. No he tenido motivos de pedir autorización para venir a esta *llakta*.

—¿Ni siquiera para saber cómo está Kispi Sisa? ¿Ni cuándo será sacrificada al dios Sol? —continuó el sacerdote con una sonrisa falsa.

Al escuchar el nombre de su nieta favorita, Apu Puma apretó sus dientes con fuerza. La niña había sido traída al Cusco hacía un año para ser una *aklla*. Las *akllas*, las escogidas, eran las niñas más hermosas, a quienes llevaban al *akllawasi*, el recinto donde aprendían las artes del tejido y permanecían encerradas hasta volverse adolescentes. El *inka* tomaba de entre ellas a sus esposas secundarias o las daba en matrimonio a otros nobles. Algunas se quedaban como *mamakunas*, las sacerdotisas del templo, y otras eran sacrificadas al dios Sol.

—No sabía que Kispi Sisa iba a ser sacrificada al Inti. Es un honor para nuestro *ayllu*, nuestra familia —dijo el *kuraka*, tratando de que no le temblara la voz.

Urku Amaru se rio socarronamente y empezó a mascullar algo, pero el *kuraka* lo interrumpió.

Ya no se veía la litera del *inka*, lo cual indicaba que el soberano había entrado al Kurikancha para dar audiencia a las personas con las que quería hablar.

—Debo marcharme. Tengo una cita importante —dijo Apu Puma secamente, y empezó a caminar.

—Camina, amigo, camina, que caminar es lo que vas a hacer por largo tiempo —Urku Amaru repuso con voz burlona.

Apu Puma se detuvo y, volviéndose, se dispuso a preguntar el significado de tan extrañas palabras. Pero el sacerdote del Sol había desaparecido misteriosamente y en su lugar vio a una serpiente escurrirse hábilmente por una hendidura entre las piedras.

Sapa inka llevado en andas[3]

---

[3] Estos dibujos forman parte de un libro escrito e ilustrado por un príncipe *inka* de privilegio llamado Felipe Guamán Poma de Ayala, quien envió el manuscrito al rey Felipe III de España. El manuscrito se extravió durante siglos y fue encontrado en Dinamarca por el científico alemán Richard Pietschmann a principios del siglo XX.

Capítulo II
El *sapa inka*

32   Aunque era un honor para cualquier familia que una de sus hijas fuera escogida para ir a beber la luz del Inti, Apu Puma se sentía profundamente apenado al saber que su nieta Kispi Sisa, Flor de Cristal, sería sacrificada. Por esa razón, y sin pensarlo, oró con toda la fuerza de su corazón a su dios personal, el Puma, león de las montañas, para que no fuera así. No obstante y casi de inmediato, sacudió su cabeza bruscamente para alejar esos pensamientos irreverentes y se dirigió rápidamente hacia el Kurikancha, considerado el centro de la ciudad, que estaba situado en la parte llamada Urin Cusco. El río Huatanay dividía a la ciudad en dos mitades: Anan Cusco por encima del río y Urin Cusco por debajo del río. Esa división también se hacía con los *ayllus*, las familias, dividiéndolas en las *anan ayllus* y en las *urin ayllus*.

El Kurikancha era un templo enorme cubierto por planchas de oro. Las piedras de las paredes estaban pegadas una a la otra sin ningún material, de manera tan compacta que entre ellas no podía entrar la punta de un cuchillo. Sobre la pared de piedra había otra de adobe, donde se asentaban vigas de madera que sostenían el techo de paja, que estaba decorado con mantos tejidos de plumas de aves de la selva y rodeado de un borde de oro de casi un metro de ancho. Delante del aposento, donde se creía que el Sol dormía, había un jardín primoroso lleno de figuras de niños jardineros, de plantas, legumbres y maizales, árboles, pájaros, llamas y otros animales hechos de oro y plata. En el recinto principal había un disco muy grande de oro macizo que despedía rayos y representaba al dios Sol, y que, en ciertas ocasiones, estaba rodeado por los cuerpos momificados de los antiguos soberanos *inkas*. En el Kurikancha también se encontraban los aposentos de Mama Killa, la diosa Luna, y de Illapa, el dios Rayo.

Apu Puma pasó por delante del jardín de oro caminando despacio, contando las estatuas de dieciséis llamas que se veían en la mitad del jardín junto a una fuente, donde algunas aparentaban beber el agua. Viró hacia la izquierda y entró por la puerta principal al recinto donde estaba el *inka*. Dos sacerdotes del Sol, vestidos con túnicas blancas, le entregaron una piedra de regular tamaño. El *kuraka* puso la piedra en el suelo y desamarró las tiras de cuero que sujetaban sus sandalias. Ya descalzo, tomó la piedra y la sujetó con ambas manos a su espalda, de manera que le obligaba a caminar inclinado. Esto se debía hacer para demostrar respeto al soberano.

El *inka*, Tupak Yupanki, se encontraba sentado sobre su *tyana*, un pequeño banquito de oro. Llevaba el cabello tan corto que a la distancia daba la impresión de no tener pelo. Esto permitía ver claramente su cráneo muy alargado y deformado a propósito desde la niñez. Los lóbulos de sus orejas eran tan largos que le llegaban hasta los hombros, y dentro de ellos estaban encajados dos círculos grandes de oro que simbolizaban al dios Sol. Desde pequeño le habían dilatado los lóbulos de las orejas insertándole, primero, pedazos de madera y, luego, discos de metal. El soberano lucía los signos de su poder: la *mayskaypacha*, la borla real de color rojo sangre que caía sobre sus ojos desde el *llawtu*, el cordón real ceñido a su cabeza. Dos plumas blancas y negras de *kurikinki* adornaban su tocado de oro. Sus rodillas y tobillos, amarrados con largos flecos rojos, recordaban las patas de algún pájaro exótico.

Apu Puma se acercó caminando lentamente. Su corazón latía con terror, como siempre que tenía que enfrentarse a Intipachuri (el Hijo del Sol), a quien todos adoraban como un dios. Con los ojos aún bajos, llegó hasta media habitación, donde fue detenido por uno de los sacerdotes. El soberano todavía estaba comiendo. Dos *akllas*, las mujeres escogidas, sujetaban delante de él un plato de oro y otro de plata con carne de llama y frutas, de los cuales el *inka* comía con los dedos. Otra sostenía un pedazo de sal, en caso de que el soberano quisiera lamerlo para sazonar su comida. La *kuya* (reina y hermana del *inka*) se encontraba de pie a su derecha y lucía una *lliklla* (su manto) de color escarlata con dibujos de líneas triangulares en los filos, la que sujetaba con un *tupu* de oro, un broche en forma de alfiler grueso con cabeza redonda y plana, decorado con piedras preciosas. Debajo llevaba un *anaku* anaranjado con diseños escarlatas que hacían juego con el resto de su indumentaria. Cubría su cabeza una *ñañaka*, la tela doblada que usaban las mujeres nobles del Cusco. Cada *sapa inka*, para mantener puro su linaje, tenía que casarse con su hermana, y ella era la esposa principal, la reina, aunque también podía tener muchas otras esposas secundarias.

El traje del *sapa inka* era de una tela finísima, tejida con pelo de vicuña, llamada *kumpi*, con dibujos geométricos, los *tukapus*, que solo los nobles podían lucir. El vestuario de ese soberano tenía colores y decorados específicos que nadie más podía utilizar. Si un poco de comida caía sobre su indumentaria, el *inka* se cambiaba inmediatamente y esa ropa era quemada y sus cenizas, ofrecidas a los dioses; por lo tanto, no era nada raro que se cambiara de traje hasta seis veces al día. El *sapa inka*, el único rey, jamás se ponía la ropa ni el calzado por segunda vez; además era sumamente aseado, puesto que se daba baños diarios en piscinas y pozas con aguas termales conducidas por medio de caños.

Tupak Yupanki se lavó las manos en una vasija de oro, secándoselas enseguida en un lienzo ofrecido por la *kuya*, quien luego se alejó sigilosamente. El *inka* hizo una señal con la mano para que también las *akllas* se retiraran y se acomodó en su silla. Dos sirvientes sostenían una tela delante de su rostro para que nadie pudiera mirarlo directamente a los ojos.

Apu Puma volvió a caminar y esa vez nadie lo detuvo hasta llegar muy cerca de Tupak Yupanki. Una vez allí, el *kuraka* se puso a hacer *mucha*, un rechistar con la lengua y los labios que significaba respeto a los soberanos.

—Saludos, gran *kuraka* Apu Puma —saludó Tupak Yupanki.

Era un hombre fuerte, no muy alto, de cuerpo musculoso y voz suave que ocultaba una voluntad de hierro. En su mano sostenía el *yawri*, el cetro real.

—*¡Ancha jatun apu, Intipachuri, kanki sapallapu tukuy pacha campa uyay sullul!* ¡Grande y poderoso Señor, Hijo del Sol, tú solo eres Señor, toda la Tierra te alaba en verdad! —exclamó Apu Puma, dejando la piedra en el suelo y acostándose a su lado.

Tupak Yupanki le indicó que se pusiera de pie. El *kuraka* lo hizo pero sin atreverse a levantar la mirada.

—Muchas lunas han muerto desde que mi padre, Pachakutik, comenzó sus conquistas, y yo las he continuado y extendido hasta casi los confines del Chinchaysuyu —dijo Tupak Yupanki con voz sonora—. El Kapak Ñan, el Gran Camino, unirá al imperio, pero necesitamos contar con *tampus* donde abastecer a los viajeros. Tambococha es un *tampu* real en el lugar más estratégico e importante del norte, por lo tanto debe ser administrado por gente leal, sabia y valiente... —El *inka* se puso de pie, extendiendo una mano sobre el *kuraka*, y continuó—: Tú y tu pueblo, Apu Puma, irán a administrar Tambococha, en Cusibamba, la Llanura de la Alegría, en el Chinchaysuyu.

Apu Puma se sorprendió tanto que casi levantó el rostro para mirar al *inka* de frente. ¡El Chinchaysuyu!

¡Había escuchado que en una parte del Chinchaysuyu el Sol subía y bajaba en línea recta! ¡Podría ver ese portento con sus propios ojos!

Inka Tupak Yupanki

Capítulo III
Kispi Sisa, Flor de Cristal

Kispi Sisa miró una vez más con admiración la hermosa corona de plumas amarillas y blancas que tendría que ponerse al día siguiente en la celebración de la *kapakjucha*, su sacrificio al Inti, el dios Sol, y sintió un escalofrío. No es que tuviera miedo de ir a encontrarse con el dios, sino que le preocupaba cómo se presentaría delante de tan importante personaje. Sobre la estera donde dormía estaba la ropa con la que se vestiría y las joyas que el *inka* le había regalado debido al rango de nobleza de su familia. Al pensar en su familia, la niña suspiró recordando a su abuelo. Sus padres habían muerto y ella había pasado sus primeros años junto a él. El *kuraka* era muy hábil para inventarse juegos, que compartió con ella hasta que cumplió los cinco años. A partir de esa edad, como todas las niñas y todos los niños *inkas*, había dejado los juegos para cumplir con las tareas impuestas por los mayores.

Kispi Sisa tenía once años y era muy bonita. Aunque era pequeña para su edad, el porte erguido con el que caminaba la hacía parecer más alta. Llevaba el cabello negro suelto hasta la cintura, con pequeñas trenzas en la parte delantera que caían a cada lado de un rostro redondo con ojos almendrados e inquietos, que miraban todo con curiosidad, esperando descubrir cosas nuevas a cada paso. Su piel, de color dorado oscuro, no tenía ni una sola mancha, requisito necesario para poder ser sacrificada al dios Sol.

Kispi Sisa había vivido un año en el *akllawasi*, la casa de las escogidas. Un año muy duro, puesto que las *mamakunas*, las sacerdotisas, eran muy estrictas con las niñas y las castigaban duramente si no cumplían a la perfección con sus tareas de tejedoras. Era una responsabilidad muy grande, ya que ellas producían todas las telas finas con las que se confeccionaban los trajes que el *inka* vestía y los que obsequiaba a los nobles por diferentes motivos.

Kispi Sisa movió cuidadosamente de lado la ropa para no arrugarla, se acostó sobre la estera y se tapó con una cobija. Cerró los ojos y trató de imaginarse cómo sería la oscuridad dentro del pozo donde la enterrarían. Sabía que todo estaba listo para su encuentro con el dios Sol. Las ollas y cántaros llenos con comida para que no pasara hambre, joyas y vestidos para poder cambiarse de indumentaria y su telar, porque no le cabía la menor duda de que ella continuaría tejiendo en esa otra vida, no con hilos comunes, sino con hilos de oro y plata, puesto que era conocido que el Sol lloraba oro y la Luna, plata.

Cuando se quedó dormida, empezó a soñar que estaba en medio de un valle verde rodeado de montañas. El dios Sol estaba sentado sobre un cerro y al frente, sobre otro cerro, se hallaba sentada su esposa, Mama Killa, la Luna. Los dos astros luminosos competían lanzándose bolas de oro y de plata. Un puma enorme, de ojos dorados, caminaba a su lado. Kispi Sisa puso su mano sobre la cabeza del puma.

—Ya hemos llegado, Kispi Sisa —habló el puma suavemente.

En su sueño ella sabía que ese lugar, a pesar de encontrarse muy lejano del Cusco, era su hogar.

Cuando la niña se despertó, vio que, a través de la paja de un lado del techo, los rayos del sol corrían por el suelo como pequeñas lagartijas traviesas. Kispi Sisa se levantó y empezó a vestirse rápidamente. Se puso el *anaku*, una túnica con mangas cortas que le llegaba hasta los tobillos, amarrándoselo a la cintura con una fajilla de muchos colores. Luego sujetó la *lliklla*, el manto, con un *tupu*, el prendedor de plata labrada. Se puso unos aretes largos y pesados en sus pequeñas orejas, y varios anillos en las manos. Adornó su cuello con collares de *mullus* rojos y blancos, y protegió sus pies con mocasines de piel de llama. Trenzó su cabello en seis partes, se colocó la corona de plumas y salió corriendo, sosteniéndola con una mano para que no se cayera. Afuera, la esperaban la *mamakuna* principal del *akllawasi* y dos sirvientes que la llevarían en andas hacia el lugar del sacrificio. Nadie dijo una palabra. Kispi Sisa se sentó sobre la litera con la ayuda de la *mamakuna*, quien inspeccionó cuidadosamente su vestuario, sus joyas y su cabello. La mujer levantó la corona de plumas y la volvió a colocar un poco más hacia la frente de la niña. Se retiró unos pasos para ver el efecto; pareció gustarle y, con un gesto, le indicó que podía marcharse.

Cuando Kispi Sisa llegó a la plaza, estaban los de *anan ayllu*, la gente que habitaba en la parte superior del río y que en toda ceremonia tenía que ir a la derecha, y los de *urin ayllu*, que vivían debajo del río y se ponían a la izquierda. Los sacerdotes del Sol formaban un círculo en la mitad. A un lado, junto al *ushnu* (el trono real), Tupak Yupanki derramaba chicha en el suelo en homenaje a Pachamama, la Madre Tierra. Junto a él se encontraba la *napa*, una llama blanca vestida con telas rojas y adornada con cintas de colores. A la izquierda del *inka*, estaba el sumo sacerdote, quien lucía una larga túnica blanca y el gorro ceremonial de oro y piedras preciosas, y recitaba en voz alta las palabras sagradas que acompañaban los sacrificios.

Un sacerdote se acercó a Kispi Sisa. Era Urku Amaru, quien venía a llevarla hacia una armazón de madera que colgaba sobre un pozo profundo.

—Ayer me encontré con tu abuelo —dijo Urku Amaru con malicia, señalando un lugar entre el público.

Kispi Sisa vio el rostro triste del *kuraka*.

—Oioioiiiii, eieiei, Intiiiii, ¡oh, Sol!

Los sacerdotes lanzaban a viva voz los gritos rituales. Todo estaba listo para el sacrificio.

Kispi Sisa sintió que descendía lentamente dentro del pozo. Alzó su mirada para ver el cielo por última vez, y se encontró con unas nubes grandes y grises que se suspendían sobre las montañas. Una nube tenía la forma de un puma y esto le hizo recordar su sueño. Estiró un brazo... que se enredó en las sogas deteniendo su descenso.

Urku Amaru, que se encontraba próximo, se acercó presuroso a ver qué pasaba; él era el responsable de esa parte de la ceremonia y no podía dejar que se atrasara. Además, el malvado sacerdote había estado disfrutando al ver la cara de pena que tenía el *kuraka* Apu Puma mientras presenciaba el sacrificio de su nieta.

Con un gesto de ira, haló del brazo de Kispi Sisa para tratar de desenredarlo pero... ¡su boca se abrió por el asombro!

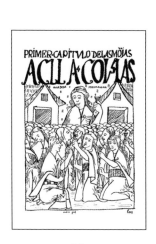

Akllas

Capítulo IV
Una huella misteriosa

Urku Amaru, el sacerdote del Sol, estaba asombradísimo: sobre el brazo de Kispi Sisa, justo a la altura del codo, cinco pequeñas manchas negras resaltaban en la piel dorada. ¡Cinco manchas! ¿Cómo era posible que no se hubieran dado cuenta antes? Las *akllas*, las niñas escogidas para ser sacrificadas al dios Sol, debían ser perfectas, sin la más mínima mancha en su cuerpo. Mojó su dedo pulgar con saliva y frotó rudamente las manchas sin ningún resultado. Soltó el brazo con furia y se dirigió donde los otros sacerdotes.

Kispi Sisa, que seguía colgando sobre el pozo, acercó el rostro hacia su codo para ver mejor. Eran lunares. Cuatro pequeños lunares redondos rodeaban la parte superior de uno más grande y ovalado. Ella nunca había tenido ni una sola mancha en su piel y en ese momento, justo en ese momento, aparecían esos misteriosos lunares que le recordaban algo conocido, una huella de... puma.

Los sacerdotes del Sol se acercaron donde Kispi Sisa para mirar atentamente los lunares sobre el brazo y luego se miraron entre ellos con rostros compungidos, sin saber qué hacer o decir, ¡era un verdadero desastre! El sumo sacerdote, sospechando que sucedía algo raro, envió a dos *yanakunas* (sirvientes) para que ver lo que pasaba. La gente se movía inquieta. ¿Por qué se había detenido el sacrificio? El *kuraka* Apu Puma, imposibilitado de hacer nada para evitar el sagrado ritual, tenía la esperanza de que Kispi Sisa no fuera sacrificada, aunque eso significaría caer en otra desgracia peor, la de ser repudiada por el mismo *sapa inka*.

La reacción del sumo sacerdote a las palabras dichas en su oído por el sirviente fue inmediata: alzó sus brazos hacia el Sol, puso los ojos en blanco y entonó un cántico extraño y poco melodioso. Como si fuera un llamado divino, Tupak Yupanki también se puso de pie y cerró los ojos, concentrándose. Tenía los puños de sus manos tan apretados que los nudillos se volvieron blancos y un extraño temblor sacudió su cuerpo.

Mientras tanto, Kispi Sisa trepó ágilmente por las cuerdas hasta llegar al filo del pozo. De alguna manera, la idea de irse a la otra vida para encontrarse con el dios Sol ya no le gustaba; es más, sentía unos deseos tremendos de huir de allí. Miró hacia el público para ver si encontraba entre la gente a su abuelo y empezó a alejarse.

—¿A dónde crees que vas? —Urku Amaru la sostenía rudamente por el cabello. La corona de plumas amarillas y blancas cayó al suelo bruscamente—. Aunque no puedas ser sacrificada al Inti, ¡tampoco te irás con vida de aquí!

Y, sacando un *tumi*, un cuchillo de bronce, lo llevó amenazadoramente hacia el cuello de la niña.

Kispi Sisa era fuerte y valiente. Una cosa era morir en homenaje al Sol, y otra a causa de ese odioso sacerdote. Sin pensarlo dos veces, levantó una rodilla y pateó a Urku Amaru justo donde ella sabía que le iba a doler mucho. El hombre la soltó con un gemido y ella empezó a correr.

Desde su puesto en el público, el *kuraka* Apu Puma había presenciado lo ocurrido y se apresuraba a llegar en ayuda de su nieta. Cuando llegó junto a Urku Amaru, el sacerdote estaba doblado por el dolor y mascullaba improperios contra las *akllas*, en general, y contra Kispi Sisa en especial.

—Condenada niña, cómo patea...

Apu Puma no pudo disimular una sonrisa al escuchar esas palabras, gesto que no pasó inadvertido a Urku Amaru. La dulce Kispi Sisa sabía dar golpes certeros. Pero al escapar de allí, se había metido en un grave problema. El *kuraka* aún no tenía idea de por qué no se había llevado a cabo el sacrificio y temía la reacción del *inka*. Un alboroto al otro lado del patio le llamó la atención. Vio con horror cómo Kispi Sisa era conducida en medio de dos sacerdotes. A su lado, Urku Amaru soltó una risita de satisfacción.

Kispi Sisa se arrodilló delante del *inka*, con la cabeza baja. Apu Puma estaba seguro de que su nieta iba a ser severamente castigada. De pronto, vio a su dios personal, el Puma, materializarse sobre la pared detrás del *inka* y dar un gran salto. Al mismo tiempo que el Puma saltaba, un rayo rompió el gris del cielo e inmediatamente retumbó un poderoso trueno. Una bola ardiente giraba sobre el *ushnu*, el trono de Tupak Yupanki, lanzando lenguas de fuego. El *inka* se acercó hacia la bola ardiente, abrió su boca y se la tragó.

La gente lo miraba sobrecogida por el terror. Pasaron largos minutos, y luego el *inka* habló:

—Apu Puma, acércate —ordenó el soberano.

Como entre sueños, el *kuraka* caminó hacia Tupak Yupanki.

—El Inti me ha ordenado que esta niña no sea sacrificada. Y los dioses indican que tienes que llevarla contigo a Cusibamba, noble Apu Puma, pues ella será tus ojos.

Con esas enigmáticas palabras, el *inka* tomó de la mano a Kispi Sisa y la puso en la mano de su abuelo.

Apu Puma y la niña salieron caminando en medio de la multitud que les abría paso. El *kuraka* todavía no podía creer que su nieta hubiera escapado de ser sacrificada y no solo eso, ¡sino que viajaría con él!

—Mira, abuelo —dijo Kispi Sisa, enseñando los lunares sobre su brazo—. Mira, aparecieron hoy —dijo con orgullo, como si hubiera sido su propia hazaña—. Por eso no pude ser enviada a beber la luz del Inti.

Apu Puma quiso ver lo que le mostraba su nieta, pero una gran oscuridad se lo impidió. Se refregó los ojos con una esquina de su manto y, muy nervioso, lo intentó de nuevo. Pero fue en vano. ¿Qué pasaba? ¿Acaso el dios Sol había desaparecido en pleno día?

Sacrificio con oro y plata

Capítulo V
Comienza un viaje

Habían transcurrido tres meses desde que el *kuraka* Apu Puma recibió las órdenes de Tupak Yupanki para marcharse al Chinchaysuyu junto con su pueblo, y el mismo tiempo desde que se volviera completamente ciego. Apu Puma estaba seguro de que había ofendido de alguna manera al dios Sol al desear que Kispi Sisa no fuera sacrificada y aceptaba su ceguera como un castigo divino.

Apu Puma se despertó muy temprano ese décimo cuarto día del mes del Jatunkuski (el mes de mayo), el día que partirían en su viaje. Había calculado que pasarían la muerte de dos lunas antes de llegar a Cusibamba, la Llanura de la Alegría. Debían llegar con suficiente anticipación para poder comenzar el nuevo año agrícola en el mes de la siembra, el Yapankis, el mes de agosto.

Apu Puma y su *ayllu*, la gran familia que formaba su pueblo, habían sido escogidos para ir a al Chinchaysuyu como *mitmas*. *Mitma* era un sistema que utilizaban los *inkas* para trasladar algunas poblaciones de un lugar a otro del imperio del Tawantinsuyu. A veces, era como castigo por rebelarse contra el *inka* y otras, como en el caso de Apu Puma, era una muestra de confianza y distinción.

Kispi Sisa también se despertó con las primeras luces y fue a buscar a su abuelo. Como vivían en los alrededores del Cusco, debían reunirse en una de sus plazas, la de Kusipata, para desde allí marcharse en su viaje. A esas horas de la mañana, ya estaban listos y esperando al *kuraka* Apu Puma. Ya se encontraban los *awkikunas*, los señores hidalgos, que lucían imponentes con sus pectorales de oro y plata sobre el *kushma*, una túnica que les llegaba hasta las rodillas. Todos portaban sus escudos de madera rellenos con algodón, cubiertos con cuero y decorados con dibujos grabados llamados *killkas*. Los acompañaban las mujeres, esposas e hijas. También, aunque no eran parte de la familia del *ayllu* del *kuraka*, iban una *mamakuna* y varias *akllas*, para el nuevo *akllawasi* que construirían. Las mujeres vestían *anakus* y *llikllas*, el rebozo que sujetaban con hermosos *tupus*. Tanto mujeres como hombres llevaban aros y pulseras en los antebrazos, anillos en los dedos, collares en el cuello, y pendientes en las orejas; en los hombres estos eran grandes placas circulares insertadas en sus extendidos lóbulos.

Como parte del grupo iban los *kipukamayus*, que eran los contadores que darían cuenta de todo lo que llevaban, especialmente de los grandes rebaños de llamas, y de los acontecimientos importantes. Para contar, utilizaban los *kipus*, que eran muchos cordones de lana de colores donde guardaban la información haciendo nudos de diferentes tamaños y en distintas posiciones. También iban los intelectuales *amawtas* y los sabios *yachas*. Además los *chamanes*, brujos que podían mediar entre los mundos, y los *jampikamayus*, curanderos que sacaban los malos espíritus del cuerpo de los enfermos. Y los artesanos, jueces, orfebres, ceramistas, tejedores, especialistas en irrigación y agricultura, ingenieros de caminos y arquitectos, que necesitarían para la construcción y la organización del nuevo lugar. La gente llevaba, además de su ropa, sus animalitos, como los bulliciosos *kuyes*, diversas clases de patos y sus típicos perros pequeños y sin pelo.

Apu Puma se situó delante de todos. El sumo sacerdote del Sol se acercó donde él con un recipiente lleno de agua y lo puso cuidadosamente en sus manos. Era el agua sagrada de una fuente del Kurikancha, el templo del Sol, que debía ser llevada al nuevo lugar donde iban a vivir. Era costumbre que los *mitmas* trasladaran el agua del lugar sagrado donde antes habían adorado al Sol y la vertieran ceremonialmente en un lago cercano a su nuevo lugar de residencia, de manera que ese lago se volviera sagrado para ellos.

Apu Puma, seguido por su pueblo, abandonó la plaza y empezaron a caminar, en filas de cuatro personas, por las calles estrechas y adoquinadas, con canales de agua limpia a cada lado. Pasaron frente a los palacios que pertenecieran a los antiguos *sapa inkas* y por las casas de los nobles hasta dejar el centro de la ciudad y salir de ella. A un lado podían ver las grandes terrazas de cultivo que rodeaban una parte de la ciudad. Ya en las afueras se detuvieron junto a un cerro pequeño donde estaba una *waka* sagrada llamada Urcuskalla, y desde allí divisaron por última vez la *llakta* que momentos antes habían abandonado. Ese era el lugar donde perdían de vista la ciudad del Cusco los que caminaban hacia el Chinchaysuyu.

Algunas mujeres mayores lloraban silenciosamente. Otras más jóvenes, llevando sus hijos más pequeños cargados a su espalda, dirigían ansiosas la vista hacia el camino que les esperaba, lo cual contrastaba con las miradas de ilusión y curiosidad de los niños, quienes sentían que emprendían una gran aventura. No todos tenían la oportunidad de viajar a lugares nuevos y desconocidos.

Kispi Sisa miró hacia el Gran Camino, el Kapak Ñan, que se extendía delante de ellos como una cinta gigantesca en medio de las montañas.

Luego, al volver su mirada, vio una extraña figura flotando junto al cerro sagrado. Era una mujer con ropaje brillante que sostenía dos varas de oro en cada mano. La niña iba a comentarle a su abuelo sobre la aparición, cuando el *kuraka* habló a su pueblo:

—Somos los *runa*, la gente, la humanidad que camina con el Inti. ¡Caminantes del Sol! *¡Inti runañan!* —gritó cuatro veces el *kuraka* en dirección a las cuatro regiones de la Tierra.

—*¡Inti runañan!* ¡Caminantes del Sol! —le hizo eco su pueblo.

Kispi Sisa buscó con la mirada la aparición pero ya no estaba.

—Uuuuuiiiihhh, uuuuiiiihhhhh.

Un *chaski* tocó su *pututu*, la trompeta de caracola, como señal de su partida, y empezó su carrera, que no se detendría hasta encontrarse con otro *chaski* que, a su vez, se encontraría con otro para pasar su mensaje. A través de los *chaskis* se llevaría la noticia del viaje de los *mitmas* para que fueran esperados en *tampus* y *llaktas*, las posadas y ciudades a lo largo del camino.

Recreación del centro administrativo del Cusco;
el resto de la población habitaba en los alrededores.

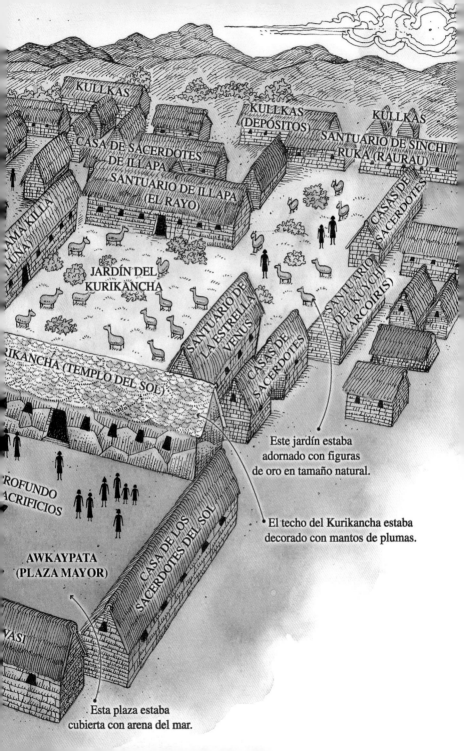

KULLKAS

KULLKAS
(DEPÓSITOS)

KULLKAS

SANTUARIO DE SINCHI
RUKA (RAURAU

CASA DE SACERDOTES
DE ILLAPA

SANTUARIO DE ILLAPA
(EL RAYO)

CASAS DE
SACERDOTES

AMA KILLA
LUNA)

JARDÍN DEL
KURIKANCHA

SANTUARIO
DEL KUYCHI
(ARCOIRIS)

SANTUARIO DE
LA ESTRELLA
VENUS

CASAS DE
SACERDOTES

RIKANCHA (TEMPLO DEL SOL)

Este jardín estaba
adornado con figuras
de oro en tamaño natural.

ROFUNDO
ACRIFICIOS

El techo del Kurikancha estaba
decorado con mantos de plumas.

CASA DE LOS
SACERDOTES DEL SOL

AWKAYPATA
(PLAZA MAYOR)

ASI

Esta plaza estaba
cubierta con arena del mar.

Desde lo alto de un muro, un sacerdote del Sol miraba al grupo alejarse. Era Urku Amaru. Una mirada vengativa apareció en sus ojos.

Había enviado un espía dentro del grupo... con órdenes de no permitir que Apu Puma y su nieta llegaran con vida a Cusibamba.

Chaski tocando el *pututu*

Capítulo VI
Por el Kapak Ñan

El Kapak Ñan, el Camino Real, unía todo el Tawantinsuyu de sur a norte en dos vías: una por la Costa y otra por la Sierra. Ese camino no podía ser utilizado libremente, sino que servía solo a aquellos que viajaban con el permiso del *sapa inka*, en viajes oficiales. El camino que iba desde Cusco hasta Quito, en el norte, en el Chinchaysuyu, era el más importante del imperio.

Apu Puma y su pueblo caminaron todo el día por el camino de piedras lisas y planas, que iba en línea recta subiendo las montañas en dirección oeste, hacia la llanura de Antapampa. Las mujeres conversaban animadamente mientras hilaban en sus husos, y los niños, incansables, corrían jugando entre los mayores. Eran alrededor de cuatrocientas personas, pero, a pesar de ser un grupo tan grande, se movían organizada-mente, caminando a buen paso.

Ya entrado el atardecer, llegaron a Rimactampu[4], donde se hospedarían durante la noche para seguir con su viaje por la mañana. Ese *tampu* tenía una gran plataforma rodeada por un muro de contención y, al fondo, doce nichos en forma de trapecio, que real-zaban la hermosura de la construcción. Los *tampus* quedaban a distancias regulares de casi siempre un día de camino; eran lugares donde se hospedaban los viajeros para descansar, comer y abastecerse. Los había de diferente categoría y tamaño, según su importancia. Aquellos en los que se hospedaba el *inka* o la nobleza recibían el nombre de *tampus* reales, los otros *tampus* eran para los viajeros co-munes, y los más pequeños, los *chaskiwasis*, eran los albergues para los corredores de postas. Aparte de ser lugares de hospedaje, algunos *tampus* eran lugares administrativos desde donde también se realizaban otras actividades como las militares, control de minas o talleres de cerámica.

---

[4] Actual Limatambo.

Los *tampus* eran diferentes unos de los otros, aunque se parecían en que tenían plazas con *ushnus*, los tronos o lugares de sacrificio; *kallankas*, edificios largos y angostos con puertas a los lados; *kanchas*, recintos rectangulares divididos en pequeñas habitaciones; y *kullkas*, depósitos donde guardaban víveres, ropa y armas. Esos edificios estaban construidos con paredes de piedra y adobe, y los techos eran de paja sobre vigas de madera. En la región andina no crecían árboles altos de troncos fuertes, por lo cual era difícil encontrar la madera propicia para hacer las vigas. Por esa razón la mayoría de los edificios de esa época tenía techos largos pero angostos. Cuando necesitaban madera buena, la traían en hombros desde los bosques de la selva. Todos los *tampus* disponían de algún sistema de agua, ya fuera natural, como un lago o un río, o traída en canales de riego. Los viajeros dormían en las *kallankas* o en las *kanchas*, sentados o acostados sobre esteras. Los rebaños de llamas eran encerrados en corrales. Los *tampus* estaban atendidos con el sistema de la *mita* que tenían los *inkas*. Ese sistema era de trabajo rotativo: las personas lo cumplían durante un tiempo definido y luego eran reemplazadas por otras.

Apu Puma, guiado por su nieta, se acercó a un grupo de hombres que estaban intercambiando productos con el *mitayu* tambero, el hombre responsable del *tampu*.

—Saludos, Apu Puma, gran jefe —dijo el tambero con una reverencia para el *kuraka* y una mirada despectiva para Kispi Sisa, y continuó—: Puedo enseñarte algunas de las cosas que tengo para intercambiar, *mullus*, hachas... pero antes, vete, niña, vete de aquí a reunirte con otros niños, y encuentra algo útil que hacer.

—¿Cómo te atreves a hablarle en ese tono a mi nieta? —el *kuraka* preguntó molesto. Una de sus manos se apoyaba en el hombro de Kispi Sisa—. Esta niña lleva mis ojos en sus ojos. Donde yo vaya, ella va.

El tambero bajó su rostro avergonzado; no había caído en cuenta de la ceguera del *kuraka*. Los hombres se alejaron discretamente hacia las habitaciones. Todos menos un hombre de ojos saltones, con una cicatriz que cruzaba su rostro desde la frente hacia unos labios torcidos que dejaban ver los dientes. Tenía un cuello tan corto que parecía que su cabeza salía directamente de su pecho, que, junto con sus ojos, le daba la apariencia de un sapo.

—Noble *kuraka*, no te ofendas. Este hombre es un tonto que no sabe bien su oficio de tambero —dijo el hombre de los ojos saltones.

—¿Quién eres? —preguntó Apu Puma—. Tu voz no me es familiar.

—Claro que no reconoces mi voz, no soy de tu familia, pero soy un *kipukamayu*, un contador que va contigo en esta misión.

—Pero, pero, ¿cómo es posible? Si no eres parte de mi *ayllu*, ¿por qué vas con nosotros?

—Ah, porque el *kipukamayu* que debía venir, uno de tus sobrinos, tuvo un... problema de salud antes del viaje y me ofrecí a venir en su reemplazo.

Apu Puma parecía preocupado.

—Pero más bien yo quería conversar contigo sobre algo que acaba de suceder —continuó el hombre—. La reacción que tienen las personas al ver que una niña, ni siquiera un niño sino una niña —repitió «niña»—, te guía, aunque sé que es tu nieta. Creo que ella no va a poder cuidarte en este viaje, y que yo te sería más útil, podría caminar a tu lado y...

—¡No! —el *kuraka* interrumpió tajante—. ¡No! Gracias.

Kispi Sisa miró al rostro del *kipukamayu* con asombro y aprensión. Se había puesto tan rojo, tan rojo que parecía un ají.

El hombre abrió la boca para decir algo, pero cambió de opinión y, dándose media vuelta, se alejó pisando fuerte con sus sandalias de cuero.

Apu Puma rio suavemente. Parecía divertirle la situación. Kispi Sisa se abrazó de su abuelo sonriendo.

—Una niña —dijo imitando la voz autoritaria del hombre—. ¡Una niña! Ni siquiera un niño, pero una... ¡niña!

Nieta y abuelo se echaron a reír. Pero el *kuraka* se sentía intranquilo. No le gustaba la idea de viajar con un *kipukamayu* desconocido, aunque, por cortesía, no podía pedirle que se regresara. En la cultura andina primaba el sistema de retribución del trabajo, de ayuda entre las personas, y era mal visto no aceptarla con amabilidad. Lo que le inquietaba y sorprendía era la facilidad con que el hombre se había unido al grupo, cuando todo era tan controlado por el *sapa inka*...

Esa noche, antes de cerrar sus ojos, Kispi Sisa recordó a la mujer luminosa que viera flotando junto al cerro. ¿Quién sería? Portaba unas varas de oro... seguro que era una mujer guerrera, valiente como ella. Recordó lo que había dicho el hombre de los ojos saltones y apariencia de sapo. ¡Qué equivocado estaba! Por supuesto que ella podía cuidar muy bien de su abuelo durante ese viaje.

Ya casi estaba dormida cuando escuchó la voz:

—Kispi Sisa, veeen...

La niña se incorporó atenta para ver de dónde provenía la voz. Venía de afuera. Tenía que salir con mucho cuidado para no despertar a nadie. En pocos minutos recorrió la *kallanka* donde dormía hasta encontrar una puerta abierta. Luego se detuvo para ver si podía escuchar la voz otra vez.

La figura luminosa de la mujer que flotaba en el aire apareció a su lado. Ya podía verla claramente. Era una mujer de rostro ovalado, labios finos, frente ancha, con unos ojos negros que parecían lanzar chispas. Su cuerpo era musculoso y fuerte. En sus manos grandes y vigorosas llevaba las mismas varas de oro que Kispi Sisa recordaba.

—Soy Mama Waku —dijo la aparición antes de ser interrogada—, Mama Waku, la guerrera.

Dama *inka*

Capítulo VII
Mama Waku

—¡Tú eres Mama Waku! —exclamó Kispi Sisa sorprendida—. La que venció a los wallas —continuó, refiriéndose a un pueblo que antes habitaba en el antiguo Cusco.

—Sí —afirmó la aparición—. Salí junto con mis hermanos, los Ayar, de la cueva de Pakaritampu, la Posada del Amanecer, y comandé un ejército para vencer a nuestros enemigos. Así fundamos el Cusco.

Kispi Sisa recordó la historia de los hermanos Ayar, los antepasados de los *inkas*. Cuatro hermanos y cuatro hermanas habían salido de una cueva en una montaña sagrada. Eran hijos del Sol y tenían la misión de formar un reino en su nombre. Un reino que gobernara las cuatro esquinas del mundo. El primero, Ayar Kachi, regresó a la cueva y se quedó allí atrapado para siempre. El segundo, Ayar Uchu, se convirtió en una *waka* sagrada y desde allí protegía a sus descendientes. El tercero, Ayar Awka, se convirtió en una *wanka*, una piedra con poderes mágicos. El último hermano, Ayar Manku, que cambió su nombre a Manku Kapak, fue el primer *inka* que gobernó junto con sus dos esposas y hermanas: Mama Okllu, la modesta, y Mama Waku, la bravía.

—¿A qué has venido? —preguntó Kispi Sisa a Mama Waku.

—Para hacerte un regalo.

—¿Un regalo? ¿A mí?

—Sí, a ti.

Y Mama Waku extendió una de las varas de oro que llevaba en cada mano.

—Toma.

—¿Por qué? —preguntó impulsivamente la niña.

Los ojos serios de Mama Waku la miraron con aprobación; le gustaba que la niña no fuera tímida.

—Porque te he estado observando y me gusta cómo eres. Sí. Eres valiente y, en eso, parecida a mí —dijo Mama Waku en tono de burla cariñosa—. Si no, dime, ¿sientes miedo fácilmente?

Kispi Sisa movió negativamente la cabeza.

—De ti nacerá una dinastía de valientes.

La niña no comprendía qué quería decirle Mama Waku.

—Ven. Acércate y golpea en el suelo con esta vara.

Kispi Sisa lo hizo y sintió que volaba. Cuando abrió los ojos, se encontró sobre una colina, mirando un valle hermoso y verde. Mama Waku estaba junto a ella.

—Estamos a muchas, muchas, muchas lunas de tu época, pequeña —explicó Mama Waku, moviendo sus manos en círculos—. Nos encontramos en el devenir del tiempo, lo que se llama el futuro. Mira, Kispi Sisa, mira hacia allá.

La niña miró hacia donde le señalaba Mama Waku. Había muchas personas que parecían estar de fiesta. A Kispi Sisa le llamó la atención que todos vestían de negro. Las mujeres y las niñas vestían un *anaku* plisado y una *llikIla*, amarrada delante con un gran *tupu* de plata sostenido por una cadena. En las orejas lucían aretes de filigrana unidos también con una cadena de plata, enlazada alrededor de la nuca, y en el cuello una *wallka*, un collar de *mullus* de colores. Los hombres y los niños vestían pantalones negros cortos, a la altura de las rodillas, cubiertos por unos zamarros blancos, y una *kushma*, una túnica corta sin mangas, amarrada con un cinturón de cuero con adornos de plata.

—¡Qué lindos se ven vestidos así! ¡Parecen *kurikinkis*! —palmoteó feliz, refiriéndose a unos pájaros negros con blanco de la serranía.

—¡*Kurikinkis*! —repitió Mama Waku con cariño y continuó sonriendo—: Esta gente hermosa que ves desciende de ti y este lugar es Saraguro, donde el maíz es abundante.

—¿Qué llevan en la cabeza? —preguntó curiosa Kispi Sisa, señalando los sombreros blancos con manchas negras bajo el ala.

—Ah, los llaman *muchiku*.

—¡Me gustaría ponerme un *muchiku*! ¡Vamos, vamos a pedirles uno! —sugirió la niña.

—No, no puedes. Ellos no pueden verte. Y tú solo podrás verlos por medio de magia... y para esto te servirá la vara que te di. —Y Mama Waku señaló la vara de oro que la niña sostenía en una mano—. Cada vez que quieras verlos, golpea la vara en la tierra y serás transportada al devenir del tiempo; pero necesitas la ayuda de los dioses y espíritus que habitan en las *waka*s, los lugares sagrados que atravesarás durante tu viaje. Además, aquí he traído a alguien que te acompañará. Pero solo tú lo podrás ver, porque es invisible para los demás.

Mama Waku silbó suavemente y segundos después apareció un puma de ojos dorados.

—Es el dios Puma que tú ya conoces —dijo por toda presentación.

¡Era el puma de sus sueños! Kispi Sisa quiso agradecer a Mama Waku, pero esta se había esfumado dejando una estela luminosa.

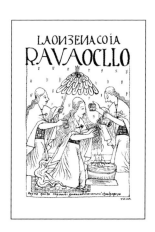

Kuya, reina *inka*, peinándose

Capítulo VIII
Los *kurikinkis*

Kispi Sisa se quedó mirando a la gente que cariñosamente había bautizado como *kurikinkis*, porque la ropa de los hombres le recordaba el colorido de esas aves. No tenía apuro de regresar al pasado, así que se sentó junto al Puma a observar desde la colina todo lo que sucedía.

En una plaza se alistaban muchas personas entre las que resaltaban algunos disfrazados. Al frente del grupo, una mujer y un hombre se erguían elegantes, obviamente orgullosos del papel que representarían. La mujer llevaba en sus manos la figura de un bebé. A Kispi Sisa le habría gustado saber qué era lo que estaba sucediendo.

—Es una gran fiesta la que celebran —dijo el Puma, como si hubiera adivinado el pensamiento de la niña.

—¿Qué fiesta? —preguntó curiosa Kispi Sisa.

—Ah, pues la llaman fiesta de la Navidad y es el nacimiento de alguien muy importante.

—¿Sí? ¿Quién? ¿El hijo de algún *sapa inka*?

—No. Me da mucha pena decirte pero en este tiempo ya no existe el *sapa inka*. Pero estoy casi seguro de que ese bebé es el hijo de Wirakucha, el dios ordenador de todas las cosas. Pero esta fiesta también es un recuerdo del Kapak Raymi, la fiesta del *inka*.

—A ver, ¿y cómo sabes tú todo eso? —interpeló Kispi Sisa con cara seria y las manos en la cintura.

No le había gustado la idea de que el *sapa inka* fuera a desaparecer algún día.

—Porque soy un dios —contestó el Puma—, un dios pequeño —agregó rápidamente—, pero aun así, tengo poderes.

—¿Estás seguro de que no va a haber un *sapa inka*, Puma?

Kispi Sisa estaba a punto de llorar.

—Sí. Pero dicen que algún día los tiempos del *inka* volverán y el Sol brillará a medianoche —contestó el Puma con voz seria.

Kispi Sisa suspiró aliviada y, curiosa como era, continuó con sus preguntas.

—Ah. Y esa figura es el niño, ¿no? ¿Y quiénes son los que lo cargan?

El Puma, que estaba disfrutando al demostrar sus conocimientos, dijo en tono de sabiduría:

—Los llaman la *markanmama* y el *markantayta*, la mamá y el papá que cargan al niño.

—Y el resto del grupo, ¿quiénes son?

—Pues un jefe, llamado síndico; luego hay cuatro niñas, como de tu edad, que son las *warmisarawis*, que antaño representaban a las plantas de maíz hembra, y cuatro niños, los *karisarawis*, las plantas de maíz macho. Son las hijas e hijos de la *saramama*, el espíritu del maíz.

Las *warmisarawis* recitaban bellos poemas mientras caminaban, y estaban vestidas de un azul intenso, con camisas de colores vivos, y tenían su espalda cubierta con pañuelos. En el cuello llevaban collares de *mullus*, en la frente un cintillo tejido de los mismos *mullus*, y en la parte posterior de la cabeza un ramillete de flores. Amarraban sus largas trenzas con cintas multicolores. Los *karisarawis*, los niños, vestían de rojo y blanco, cargaban atados de frutas en sus espaldas y guirnaldas de plumas en la cabeza.

—Luego están los danzantes que van disfrazados de diferentes animales, porque los *runa*, la gente, comparten con ellos a Pachamama, la Madre Tierra —agregó el Puma.

—¡Hay uno disfrazado de puma! —gritó encantada Kispi Sisa.

—Sí, claro, ¿cómo iba a faltar un puma? —dijo orgulloso el Puma—. Es el león y su pailero. ¿Ves cómo el hombre toca el tambor y el puma baila?

—Pero… ¡también hay un oso que baila! ¡Mira, mira, Puma!

El Puma dirigió, sin mucho entusiasmo, su mirada hacia el personaje que la niña le indicaba. No le gustaba tener que compartir el baile en la fiesta. Pero, así era; allí estaba un disfrazado de oso con su propio pailero, que tocaba animadamente en su tambor mientras el oso giraba y daba saltos, bailando.

—Esos con plumas en la cabeza representan a los habitantes de los bosques húmedos. Y mira esos grandotes, son los gigantes que se cree que antes habitaban aquí. Allá están los *ajas* que asustan a la gente y los *wikis* que la hacen reír. Y más allá otros están disfrazados de aves —el Puma hablaba con mucho entusiasmo.

Los *ajas* estaban cubiertos por una larga cabellera de musgo gris, sujeta a su cabeza por un par de cuernos de venado, y cubrían sus rostros con máscaras de animales, mientras que los que representaban al *ushku*, el gallinazo, o al *kuntur*, el cóndor, cargaban una estructura de madera cubierta con tela negra que terminaba con una cabeza que imitaba la de esas aves.

—¡Qué linda música! Me gustaría tanto poder participar de la fiesta... —Kispi Sisa se puso de pie para ver mejor. Todo le parecía tan interesante que no quería perderse de nada—. Mira, mira, ya van a empezar a caminar. ¿Quiénes son esos seis niños que van adelante, vestidos con esos trajes llenos de pañuelos de colores? Llevan pailas con incienso y flores.

—Son los guiadores, que conducen a las personas hasta el templo, como lo hacían los sacerdotes del Sol. ¿Ves, Kispi Sisa, cómo se sitúan en dos lados, a la izquierda y a la derecha? Pues los tres de la derecha son llamados *anan ayllus* y los otros tres de la izquierda, *urin ayllus*.

—¡Igualito que las familias de los *anan ayllus* y los *urin ayllus* del Cusco!

—Muchas tradiciones serán recordadas por tu pueblo, aunque el tiempo corra y corra —sonrió el Puma—, a pesar de todo...

—¡Van a comer! Mmmmm, ¡qué rico huele la comida!

Kispi Sisa cerró los ojos con deleite mientras aspiraba el aire.

—Sí, y ahora están haciendo el ritual del *uchumati*, la distribución de la comida. —El Puma también se relamió los bigotes—. Pero, ven, tenemos que regresar al pasado antes de que se den cuenta de tu ausencia.

Kispi Sisa se puso de pie con desgana. Le habría gustado mucho quedarse mirando la celebración, pero reconocía que el Puma tenía razón y que debía volver. Golpeó suavemente un extremo de la vara contra el piso y, en un instante, se encontró volando. Esa vez mantuvo los ojos abiertos y vio que viajaba por un túnel formado por círculos de

espejos donde miles de rostros se reflejaban. Se sintió mareada, cerró los ojos y, cuando los abrió otra vez, ya estaba de regreso en el *tampu*. El Puma no aparecía por ningún lado.

Procurando no hacer ruido, llegó hasta el lugar donde dormía, puso la vara de oro a su lado y se acostó. ¿Cuándo volvería a ver al Puma? Con ese pensamiento y las imágenes de la fiesta de los *kurikinkis*, Kispi Sisa se quedó dormida en un instante, alegre de que nadie hubiera advertido su ausencia.

Pero esto no era verdad. En la oscuridad, unos ojos de mirada maligna habían seguido todos sus movimientos.

Kapak Raymi, fiesta del *inka*

Capítulo IX
Peligro en el puente

Luego de las frías y altas zonas de Antapampa, el grupo empezó su descenso caminando todavía hacia el oeste. Se hospedaron en el *tampu* de Andahuailas y se quedaron allí dos noches. En ese día, el cuarto desde que partieran del Cusco, continuaron bajando por zonas más cálidas, bordeando el bosque andino lleno de árboles de molle y *kishwar*. El camino conducía hacia el río Apurímac.

Kispi Sisa mantenía en secreto su encuentro con Mama Waku y el Puma, aunque por momentos sentía grandes deseos de contarle sobre su aventura al abuelo. La niña caminaba junto al *kuraka*, apoyándose en la vara mágica de oro. La había cubierto con fajillas de colores, para mantener oculto el material del que estaba hecha.

Kispi Sisa no dejaba de buscar con la mirada alguna señal del Puma. Se sentía inquieta por su ausencia, puesto que no lo había visto ni siquiera en sueños.

La gente, en cambio, iba con un sentimiento de tranquilidad. Muchos tocaban sus zampoñas y quenas, imitando los sonidos del viento y de los pájaros.

En el camino empezaron a surgir los árboles de aliso anunciando que se aproximaban a zonas húmedas. A lo lejos divisaron el gran puente del Apurímac, que se mecía al viento. Los niños corrieron, adelantándose con gritos de alegría. Era un puente enorme que colgaba entre las montañas, de un lado al otro del río a una gran altura del agua. Estaba construido con cinco gruesos cables de fibra de cabuya trenzada, amarrados a recios muros de piedra erguidos, frente a frente, en cada orilla del río.

El grupo se detuvo murmurando con emoción, para casi todos era la primera vez que atravesarían un puente colgante de tal magnitud. Apu Puma sintió una punzada de pena al no poder ver tan grandioso espectáculo y solo escuchar el rugir de las aguas. Después de pagar el tributo al *chaka suyuyuk*, el administrador de puentes, el *kuraka* y Kispi Sisa se sentaron a esperar que primero todos cruzaran el puente, para luego hacerlo ellos.

Las personas que llegaban a la otra orilla continuaban el viaje, esperando encontrarse con el resto del grupo más tarde en el *tampu* real de Cochacajas, muy cerca del río. Trascurrieron varias horas y ya las sombras se extendían tratando de tocarse entre sí, cuando las últimas diez personas empezaron a cruzar. Eran ocho *akllas*, la *mamakuna* y el hombre de aspecto de sapo que había hablado con ellos la primera noche del viaje. Las *akllas* fueron las primeras en pasar casi corriendo, dando pequeños gritos de alarma porque el viento estaba cada vez más recio y el puente se movía fuertemente.

Apu Puma empezó a cruzar el puente. El piso estaba construido con ramas ligadas entre sí que atravesaban los cables y tenía dos gruesas sogas cruzadas a manera de barandas. Entre el piso y la baranda superior había una barrera también tejida con fibras y hojas. El *kuraka* se sostenía de una soga con una mano mientras caminaba con cuidado. Kispi Sisa lo seguía de cerca, también sosteniéndose con una mano y llevando en la otra su vara de oro. Una fina llovizna empezó a caer, y el viento atrajo a la niebla, que se alzó desde las aguas negras y revueltas.

Kispi Sisa se detuvo para limpiarse los ojos. Sentía una impresión extraña, una opresión en el pecho. Miró delante de sí, hacia la espalda encorvada de su abuelo, y abajo, hacia a sus propios pies, que se movían con determinación uno delante del otro. Todavía les faltaba mucho más de la mitad para cruzar el puente. Presintió que algo iba a suceder... algo, ¡malo!

De pronto, su abuelo desapareció delante de ella y lo escuchó gritar. Con el corazón latiéndole desesperadamente, Kispi Sisa vio que el *kuraka* había resbalado por un agujero en el piso de ramas y se hallaba sostenido con sus manos de una parte de la estructura que crujía, lista a ceder en ese lugar.

—¡Abuelo! ¡Abuelo! ¡Agárrate de esta vara, pronto! —gritó angustiada.

¿Dónde estaba el Puma para ayudarlos?

El piso cedió y se dio cuenta de que caía al vacío en medio de sogas sueltas.

—¡Nooo, nooo! —gritó.

Ella no sabía nadar... y abajo la esperaban las aguas heladas del río que corría enfurecido. Pero algo detuvo su caída: la vara de oro que aún sostenía en una mano se había enganchado en los cables del piso. La sensación de alivio que sintió por unos instantes desapareció al pensar en su abuelo. No veía su cuerpo colgando cerca de ella. Iba a llamarlo por su nombre cuando vio una mano que asía la suya y la ayudaba a subir otra vez sobre el puente. Se encontró con la cara seria de un muchacho y al mismo tiempo escuchó la voz de su abuelo, que salía de entre la niebla y preguntaba por ella.

—¡Estoy bien, abuelo! —gritó para tranquilizarlo.

Luego miró al niño que la había ayudado. Era un muchacho un poco mayor que ella y no le gustaba la idea de tener que agradecerle; ella, que debía cuidar del *kuraka*, había sido rescatada por un niño...

—Soy Kusi Waman, Halcón Dichoso —se presentó el muchacho nerviosamente.

Temía que lo fueran a reprender por no haber cruzado el puente cuando debía.

—¿Cómo pudiste llegar tan rápido desde la otra orilla para ayudarme? —preguntó Kispi Sisa, caminando junto a él.

Kusi Waman hizo una mueca y se alzó de hombros.

—Nunca llegué hasta la otra orilla. Me quedé escondido aquí. Quería sentir el movimiento del puente por más tiempo.

Al llegar donde su abuelo, Kispi Sisa respiró tranquila. Estaba rodeado de un pequeño grupo de personas, entre ellas la *mamakuna* y las *akllas*, que comentaban todas al mismo tiempo lo que había sucedido.

—Abuelo, ¡estás bien! ¿Quién te rescató?

Pero el *kuraka* no lo sabía. La persona que lo salvó no se había identificado y se había alejado del lugar sin decir una sola palabra.

El administrador del puente se acercó donde ellos. Quería asegurarle al *kuraka* que no se trataba de mal mantenimiento del puente ni mucho menos, puesto que había encontrado que, en el lugar donde ocurrió el accidente, las ramas del piso habían sido cortadas a propósito, cosa que él no sabía cómo explicarse, pero que iba a hacer todas las averiguaciones del caso y... El hombre continuó hablando, tratando de congraciarse; él sabía cuán importante era Apu Puma y no dudaba que ese incidente le traería serias dificultades.

—Una persona del último grupo se detuvo durante un buen rato justo cerca del lugar donde el puente se rompió... —dijo Kusi.

Kispi Sisa volteó a verlo sorprendida. Ya se había olvidado del muchacho.

—¿Quién? —interrogó. Ella recordaba que en el último grupo que cruzó el río estaban las *akllas* junto con la *mamakuna* y... ¡el hombre de aspecto de sapo!—. Dime quién fue.

—No sé. Había mucha niebla y no se distinguía bien.

Kispi Sisa tuvo un sentimiento de indignación. No había sido un accidente. ¿Quién querría hacerles daño a ella y al abuelo? Y... ¿dónde estaba el Puma?

Chaka suyuyuk, administrador de puentes

CAPÍTULO X
En la Cueva de los Antepasados

94 Un pedazo de luna pálida alumbraba el paisaje mientras el *kuraka*, Kispi Sisa y Kusi Waman caminaban presurosos por encontrarse con los demás en el *tampu* de Cochacajas. Pasaron junto a una cueva profunda en la montaña. Dos centinelas hacían guardia. Era el famoso oráculo del Apurímac, lugar sagrado donde los soberanos *inkas* buscaban respuestas a sus preguntas. Ya más arriba, en uno de los cruces más altos de las montañas, se encontraron con una gran cantidad de piedras amontonadas junto al camino; era una *apachita*, otro lugar sagrado donde habitaban espíritus de las montañas. Ceremoniosamente lanzaron piedras que fueron a acumularse sobre las otras. Esto lo hacían en agradecimiento por haberles permitido llegar hasta allí y para pedir continuar su viaje a salvo.

El *kuraka* aprovechó la oportunidad de sentarse para descansar por unos momentos. No quería admitirlo, pero el acontecimiento en el puente lo había dejado agotado.

—Toma, aquí tengo una redonda.

Kusi Waman extendió la piedra a Kispi Sisa.

La niña miró la piedra y luego el rostro del niño que la miraba con entusiasmo. Sin decir una palabra, la lanzó sobre la *apachita*. Apenas la piedra tocó las otras, saltaron chispas del montón.

—¿Viste eso? —Los ojos de Kusi se abrieron sorprendidos—. Ahora voy a lanzar yo.

El niño lanzó otra piedra sin que saltaran chispas o sucediera nada extraño. Miró a la niña sin comprenderlo. Ella volvió a lanzar otra piedra y nuevamente se volvió a producir la lluvia de chispas.

Los dos se acercaron curiosos a la *apachita*. En la oscuridad les pareció una enorme habitación de roca. El montón de piedras se alzaba tan alto que tenían que levantar los rostros completamente hacia arriba para poder mirar dónde terminaba.

Una de las piedras del tope empezó a resbalar. Kispi Sisa detuvo la piedra delicadamente con su vara para que no resbalara. No bien lo hubo hecho, una puerta apareció en medio de la *apachita*. Impulsivamente la niña tomó de la mano al muchacho y lo haló para que entrara junto con ella.

Dentro brillaba una tenue claridad verdosa.

—¿Por qué te metiste aquí? ¿Y por qué a mí también? —preguntó Kusi.

—¿Qué? ¿Me vas a decir que no te gustan los misterios? —preguntó a su vez Kispi Sisa, encantada con la oportunidad de una aventura.

—No, claro que no. Quiero decir, sí. Sí, me gustan los misterios. Pero... ¿dónde estamos?

—No sé. Y no podemos salir por donde entramos, porque ya no está ahí la abertura —dijo la niña con una sonrisa traviesa—. Pero tengo algo que podría servirnos.

Ante la sorpresa del niño, Kispi Sisa retiró las fajillas de colores con las que estaba envuelta la vara de oro. Estaba segura de que ese era un lugar donde necesitaría de toda su ayuda mágica. Con la vara en la mano, giró lentamente sobre el mismo lugar. La vara se alzó sola, señalando un camino que misteriosamente apareció.

—Oye, si vàmos a viajar juntos, yo tengo algunas preguntas que hacerte —dijo Kusi, aún admirado por la vara de oro.

—Y yo también —respondió pronta Kispi Sisa—. ¿Quién eres y por qué no te había visto antes?

—Mmmm, bueno... soy un pastor de llamas. Escuché que tu *ayllu* se iba de viaje al Chinchaysuyu, y...

—Bueno. Ya entiendo. Ahora pregunta tú —dijo Kispi Sisa.

Kusi tenía muchas preguntas, en especial sobre la vara mágica y de cómo así se encontraban allí. Kispi Sisa contestó lo mejor que pudo, mientras seguían por un sendero dentro de la *apachita*. Se detuvieron frente a una abertura en forma de trapecio en medio de un muro de piedra. Los niños entraron por allí a una habitación alargada iluminada por antorchas. A cada lado de los muros de piedra se encontraban varios cuerpos momificados de hombres y mujeres. Las momias se hallaban sentadas con los pies cruzados, uno debajo de la otra pierna, y las manos sobre el pecho, la derecha sobre la izquierda. En el centro, debajo de una plancha circular de oro, estaba la que parecía ser la momia principal.

—¡Estamos en la cueva de nuestros antepasados! —exclamó Kispi Sisa, recordando que los *inkas* momificaban los cuerpos de sus antepasados, especialmente aquellos que habían sido importantes.

—Mira, ese debe ser un *sapa inka*, pero... ¿cuál? —se preguntó Kusi.

—Pachakutik, el que cambió al tiempo, el conquistador del mundo —escucharon decir a una voz que surgía muy clara de algún lado.

Los niños miraron a su alrededor, pero no había nadie más que ellos y las momias. Se acercaron hacia la principal y la observaron detenidamente. ¿Podría ser Pachakutik? La momia estaba vestida con el ropaje de la nobleza y aún tenía ceñido en su cabeza canosa el cordón del *llawtu*, con la *mayskaypacha*, la borla real sobre la frente. Sus ojos estaban hechos de una tela fina de oro, tan bien puestos que parecían reales, y no le faltaba ni una sola pestaña, y su piel, donde se podía ver, brillaba como si estuviera untada con grasa. Hasta las uñas de los dedos de las manos y los pies lucían brillantes y pulidas.

—Mira, Kusi, tiene una huella de una pedrada en la cabeza —susurró Kispi Sisa al niño.

—Es una herida de guerra —volvió a hablar la voz.

Otra vez los niños buscaron para ver si encontraban a quién hablaba.

—¿Quién habla? ¡Preséntate ahora mismo! —demandó Kispi Sisa.

Escucharon una risa ronca.

—Conque me ordenas, ¿ah?, y no tienes miedo. Vaya, vaya, mujercita valiente —volvió a sonar la risa—. Bueno, soy yo, ¡me estás mirando ahora mismo!

¡Era la momia del mismito Pachakutik quien hablaba!

—¡*Ancha jatun apu!* ¡*Intipachuri*! ¡Pachakutik! ¡Grande y poderoso Señor! ¡Hijo del Sol! —gritaron los dos niños, acostándose boca abajo en el suelo delante de la momia.

—Pueden ponerse de pie. Estoy contento de verlos. Quienes me visitan son generalmente gente aburrida... sacerdotes del Sol y mis sirvientes que vienen a limpiarme y cambiarme de ropas... pero niños... nunca. Y a mí me gustan los niños —aclaró la momia de Pachakutik—. Tú, niño, te llamas como yo me llamaba antes de ser *sapa inka*. Yo también me llamaba Kusi, Kusi Yupanki, el Dichoso, y al volverme emperador escogí otro nombre, el de aquel que cambia el tiempo. Y tú, niña. ¿Acaso te llamas La que Porta la Vara de Oro de Mama Waku?

Kispi Sisa miró su vara. La momia la había reconocido.

—No. Me llamo Kispi Sisa.

—¡Flor de Cristal! Qué bonito. Pero te profetizo que, cuando cambies de nombre, va a ser por uno que esté relacionado con algo muy importante que vas a realizar por tu pueblo... casi al término de tu viaje —comentó la voz con amabilidad—, y tú, Kusi, aún tienes pedazos de madera en tus orejas en vez de discos de plata. Ah, ya veo, todavía no has participado en el *warachikuy*, no, aún no... —continuó refiriéndose a la ceremonia mediante la cual los niños varones pasaban a ser considerados adultos.

La momia de Pachakutik conversaba con tanta naturalidad que pronto los niños perdieron cualquier recelo de hablar con tan importante personaje.

—Gran Señor, Intipachuri, Hijo del Sol, ¿cómo podré participar en esa ceremonia?

—Yo puedo lograr que lo hagas...

—Pero, con el mayor respeto, gran *sapa inka*, la ceremonia solo tiene lugar durante las fiestas del Kapak Raymi, en el mes de diciembre; no es tiempo todavía y además estamos tan lejos del Cusco... —explicó el niño, quien jamás en su vida se habría imaginado que algún día iba a hablar de esas cosas con Pachakutik.

—Sí, eso es verdad. No es tiempo —corroboró Kispi Sisa, a quien no le gustaba que no la tomaran en cuenta.

La risa ronca se escuchó otra vez.

—Tiempo, tiempo, tiempo, ¿acaso no recuerdan lo que significa mi nombre? A ver, ¡tiempoooo...! —gritó la voz—. ¡TIEEEMMMPO...!

Un viento fuertísimo levantó una gran polvareda que obligó a Kispi Sisa y Kusi a cerrar los ojos esperando que pasara. Cuando los abrieron, se encontraron en Awkaypata, la plaza del Cusco donde se celebraban las fiestas.

Inka Pachakutik

CAPÍTULO XI
La ceremonia del *warachikuy*

Los niños se miraron uno a otro asombrados. Seguramente habían retrocedido o adelantado en el tiempo; no estaban seguros, porque era Pachakutik quien los había enviado a aquel lugar. Lo que sí era seguro era que se hallaban en el Cusco, en la gran plaza de Awkaypata, que estaba llena de gente, en su mayoría de niños varones. Kispi Sisa supo inmediatamente que se trataba de la festividad del *warachikuy*.

—Únete a esos chicos, Kusi —dijo ella señalando a los muchachos.

Tenían el pelo cortado a rape, con los cordones, los *llawtus*, negros en la cabeza.

—¿Crees que debo hacerlo? ¿Y si me preguntan dónde está mi familia, ah? Digo, porque todos están con su familia.

Kusi se sentía un poco preocupado. Eso de presentarse así como así sin sus padres a una celebración tan importante le daba un cierto temor. Por otro lado, esa era su oportunidad para celebrar el rito de la adolescencia. Antes de que pudiera continuar con esos razonamientos, Kispi Sisa lo interrumpió:

—Kusi, nadie puede vernos. Cuando te mueves en el tiempo, como lo hemos hecho hoy, nadie puede vernos —repitió.

Kusi se unió al grupo que empezó a caminar en dirección al cerro Wanakauri, que era una *waka*, un lugar sagrado poderoso y donde el primer antepasado de los *inkas* había divisado el valle. Cada muchacho llevaba una llama para sacrificarla. Ese era el último rito, puesto que en las semanas anteriores ya habían participado en las pruebas de fuerza física y de resistencia.

Durante el mes del Kapak Raymi, la fiesta del poderoso o del rey, en el mes de diciembre, los muchachos de la nobleza entre los doce y quince años aprendían los mitos del origen de sus antepasados y participaban en diferentes eventos rituales y pruebas, para poder pasar a ser considerados adultos.

Al pie del cerro, los sacerdotes que iban a realizar el sacrificio arrancaron un poco de lana a cada una de las llamas y todos subieron a la cima. Ya arriba, sacrificaron cinco llamas y repartieron la lana que llevaban en las manos entre los muchachos para que la soplaran al viento gritando:

—¡Oh, Wanakauri! ¡Que el Sol, la Luna y el Rayo vivan siempre sin envejecer jamás!

—¡Que el *inka*, tu hijo, siempre sea joven! ¡Que las cosas siempre vayan bien con nosotros, tus hijos y descendientes, quienes hacemos esta fiesta en tu honor![5].

Luego los sacerdotes pusieron en sus manos manojos de paja y unas hondas, las *warakas* (temibles armas de combate) y les recomendaron ser valientes; además les entregaron un *wara*, el pantaloncillo interior que de allí en adelante tendrían que usar, y las orejeras de plata o

---

[5] Recopilado y traducido por el cronista español Cristóbal de Molina en el año 1572.

de oro, símbolos de que ya no eran niños sino hombres.

De regreso al Cusco, un pastor les salió al encuentro tocando en una trompeta de caracola y llevando una llama blanca, la *napa* sagrada, vestida con una tela colorada y con orejeras de oro. Así llegaron a la ciudad y se sentaron nuevamente en la plaza. Todos los parientes se acercaban a felicitarlos y el tío mayor entregaba a su sobrino un escudo, una honda y una porra para la guerra. Los sacerdotes del Sol, del Rayo y de la Luna entonaron cánticos rituales y entregaron a los muchachos unas vestiduras nuevas. Eran unas camisas en colores blancos y rojos, y una capa blanca con un cordón azul y una borla roja.

Kusi volteó a ver a Kispi Sisa; obviamente él no tenía nadie quien le pudiera obsequiar los objetos rituales ni las pequeñas placas redondas de plata que debía encajar en los lóbulos de sus orejas. Kispi Sisa iba a decir algo cuando aparecieron unos hombres vestidos con pieles de puma. Las cabezas de los animales tenían orejeras y dientes de oro, y los hombres estaban vestidos con unas largas túnicas rojas que arrastraban por el suelo. Comenzaron a danzar saltando sobre sus pies, girando en el mismo lugar. Uno de ellos se acercó donde los niños hasta ponerse junto a Kispi Sisa. Empezó a jugar, golpeándola con su cabeza mientras gruñía. La niña se rio. ¡Qué gracioso el danzante! ¡Era el único que se había acercado al público y actuaba de esa forma! Lo miró bien, era más pequeño que los otros y tenía el rostro cubierto por una máscara de puma y... ¡no era un máscara! ¡Era el Puma!

—¿Qué haces aquí? —preguntó Kispi Sisa al Puma.

—¿Cómo que qué hago aquí? Tú sabes que venimos a la ceremonia del *warachikuy* —quien contestó fue Kusi.

—Pero a ti no te pregunté... ¿no ves que estoy hablando con el Puma? —le increpó Kispi Sisa, molesta de que el niño no hubiera caído en cuenta de la presencia del Puma.

—¿Cuál puma? Estos son danzantes disfrazados de puma —explicó el niño pacientemente.

El Puma lanzó un pequeño gruñido. Si hubiera podido reír, su risa habría sonado igual.

—Recuerda que nadie puede verme, Kispi Sisa, ni escucharme —dijo burlón.

—Ay, por favor, deja que él también te vea, Puma. Me facilitaría el poder hablar contigo sin que él piense que es con él con quien hablo y confunda todo, ¿comprendes?

—Hablar, hablar, hablar, a ti te encanta hablar. Bueno, ya lo sé —se burló el Puma—. Está bien, voy a dejar que me vea.

—Hola —dijo el Puma, poniendo su cara muy junto al rostro del niño, mientras se hacía visible.

Kusi dio un tremendo brinco.

—¡Uyyy! ¡Un puma de verdad!

—Te estaba diciendo... —se rio Kispi Sisa.

—¿Y por qué está aquí?

—Sí, dinos, ¿por qué estás aquí? Yo pensé que te habías olvidado de mí, como no me rescataste en el puente... —la niña reclamó molesta.

No le había hecho ninguna gracia que el Puma se burlara de ella.

—Siempre te acompaño aunque tú no me veas, y no te rescaté porque mi amigo aquí —y señaló al niño con su cabeza— lo hizo muy bien. Pero ahora vine a avisarte que estás en peligro —añadió impaciente el Puma.

Cuidar niños no era su fuerte.

—¿Aquí? ¿Estoy en peligro aquí? Ni siquiera sé si estamos en el futuro o en el pasado, y nadie puede vernos.

—Y nadie puede verte, ¿no? ¿Y quién crees que se acerca por allá?

La figura de Urku Amaru se distinguía con toda claridad. Kispi Sisa abrió mucho sus ojos. Se acordaba muy bien del sacerdote del Sol que había amenazado con matarla y del cual ella había logrado escapar pateándolo. El hombre se acercaba caminando con la mirada fija en la de la niña y un gesto de ira en el rostro.

—Pero ¿cómo puede...?

—¿...verte? —el Puma terminó la pregunta que comenzara Kispi Sisa—. Porque él tiene poderes mágicos otorgados por su dios personal: la Serpiente. Pero no hay tiempo para mayores explicaciones; ¡rápido, utiliza la vara mágica y regresa a la Cueva de los Antepasados!

—¿Qué está pasando? —preguntó Kusi, que no entendía nada.

—Prepárate, Kusi, volvemos a la cueva.

Kispi Sisa golpeó el suelo con la vara de oro. La plaza y toda la gente desaparecieron y ellos se encontraron bajo la luz de las antorchas nuevamente.

—Ah, ya están de regreso. Ahora tengo algo para ti, Kusi —dijo la momia de Pachakutik.

En las manos de Kusi apareció mágicamente un bulto envuelto. El muchacho lo desenvolvió emocionado. Era un manto blanco con cordones azules y una borla roja. Dentro había un escudo de madera, una honda y una porra. Algo cayó al suelo… dos orejeras hermosas de plata brillaron en el piso.

¡Eran los símbolos del *warachikuy*, los que indicaban que Kusi pasaba a ser un adulto!

—¡Gracias, noble Señor, Intipachuri, Hijo del Sol!

—Y hay algo más… —dijo con complicidad la momia—, mira entre los pliegues del manto.

Un pantaloncillo interior cayó al piso. Era el *wara*. Kusi lo recogió mientras sentía que sus mejillas le ardían tanto que habrían servido de antorchas.

Kispi Sisa tosió para disimular una carcajada y sugirió que ya debían volver.

—Sí. Ya debe haber pasado mucho tiempo —agregó Kusi.

—El tiempo, el tiempo... ya les he dicho que no se preocupen por el tiempo —insistió la momia de Pachakutik.

Kusi Waman y Kispi Sisa sintieron un sacudón, como un pequeño temblor bajo sus pies, y se encontraron con que el aire frío de la noche les pellizcaba el rostro. Estaban delante de la *apachita* y la Luna no había cambiado su posición en lo más mínimo.

Niño jugando

Capítulo XII
Un nuevo misterio

114   Dos días después de que Kispi Sisa y Kusi regresaran de la Cueva de los Antepasados, los viajeros emprendieron nuevamente la marcha, esa vez hacia Vilcas-Huamán. El Kapak Ñan cruzaba por zonas altas y frías de puna, casi desérticas, donde el viento parecía querer arrancar la ropa de las personas, quizás para compensar la ausencia de árboles con quienes jugar. Luego, poco a poco, empezó a aparecer más vegetación, y pronto se encontraron caminando junto a los tupidos bosques nativos con abundantes árboles de *kishwar*, que bordeaban grandes zonas agrícolas. Durante el viaje, Kispi Sisa contó a Kusi todo sobre su encuentro con Mama Waku y el Puma. Al fin y al cabo, el niño había participado en las últimas aventuras junto a ella.

Cuando el grupo llegó al importante *tampu* de Vilcas-Huamán, el sol estaba por ponerse y alumbraba directamente el enorme *ushnu*, el trono en forma de una pirámide cortada en la parte superior. Desde su base salían tres terrazas construidas con muros de piedra que se unían con dos plazas; en medio de una, estaba una banca hecha de una sola piedra cubierta con láminas de oro y adornada con piedras preciosas. Allí se sentaba el *sapa inka* a meditar cuando visitaba el *tampu*. En la otra plaza había una piedra grande y plana, erecta verticalmente, que terminaba en forma de tinaja. Era allí donde se realizaban los sacrificios, especialmente de llamas, y se recogía su sangre para ofrecerla a los dioses lanzándola por un canal que atravesaba la plaza. A un lado estaba el templo del Sol, que tenía dos portadas grandes a las que se llegaba subiendo dos escalinatas de piedra de treinta escalones cada una. En la distancia, hacia el cerro de Pillucho, se alzaban en hileras rectas muchas torrecillas: eran más de setecientas *kullkas*, los depósitos de víveres, armas y ropa.

Ese *tampu* era considerado muy importante porque estaba en un lugar central del imperio del Tawantinsuyu y por haber sido parte de uno de los primeros territorios que los *inkas* habían conquistado, el de los chancas.

El *kuraka* Apu Puma se sentía tan cansado que casi no podía mantenerse en pie. Kispi Sisa lo llevó directamente a un aposento para que descansara, con la idea de continuar el viaje al día siguiente.

—Tienes que reposar, abuelo, para que te sientas mejor —dijo la niña, preocupada por el aspecto tan débil del viejo.

Kispi Sisa tapó amorosamente al *kuraka* con una manta de alpaca y puso su vara de oro, que otra vez estaba envuelta en fajas, junto a él. Así sentía que su abuelo estaría protegido. Ya se disponía a salir, cuando sintió la presencia de otra persona. Era la *mamakuna*, la misma que había atravesado el puente junto a las *akllas* y el hombre con aspecto de sapo. Tenía un rostro hermoso y una cabellera tan larga como la de Kispi Sisa.

—Saludos, Apu Puma, he venido a ver cómo has llegado. Espero que hayas tenido un viaje sin contratiempos —dijo con voz melodiosa.

Kispi Sisa la miró sorprendida. ¿Cómo era posible que la *mamakuna* no recordara el accidente que sufriera su abuelo en el puente del Apurímac, cuando ella misma había estado allí? ¿O es que, por delicadeza, no quería mencionarlo?

El *kuraka* contestó, con voz débil, que se encontraba muy bien y murmuró, molesto, algo relacionado con los viajes y los viejos antes de taparse la cabeza con la manta.

—Ven conmigo, niña, mientras descansa tu abuelo —dijo la *mamakuna*—. Las *akllas* van a realizar el rito del trenzado del cabello. —Y tomó en sus manos el brillante pelo de Kispi Sisa—. Ven para que peinen el tuyo también.

La sonrisa de la *mamakuna* era tan dulce y su rostro tan bonito que Kispi Sisa no pudo negarse. Además, había transcurrido mucho tiempo desde que ella misma fuera una de las *akllas*, una escogida, y le daba gusto volver a estar con ellas.

Las *akllas* estaban en una de las *kallankas* más grandes. Las ocho se hallaban sentadas sobre una estera, una delante de la otra. Cada una sostenía el cabello de la compañera anterior y, entre risas y juegos, lo trenzaba. Junto a ellas había varios recipientes que contenían un líquido amarillento con el que mojaban las puntas de sus dedos antes de pasar el peine para peinar sus largos cabellos.

Kispi Sisa se sentó delante de la primera y desenrolló la faja que sostenía su pelo. Lo sacudió cual una potrilla, encogió sus piernas, se abrazó de sus rodillas y soltó un suspiro de satisfacción: ¡qué buena idea dejarse peinar!

La *mamakuna* se marchó para volver casi enseguida con otro recipiente en las manos y ella también se sentó, en otra estera, frente a las muchachas.

Kispi Sisa cerró los ojos. Los suaves movimientos de las manos de la chica que la peinaba le hacían sentir sueño. Le vinieron a la memoria los últimos acontecimientos: la Cueva de los Antepasados, la momia de Pachakutik, la festividad del *warachikuy* junto a Kusi y... su casi encuentro

con el sacerdote Urku Amaru y la mirada cargada de odio que le había dirigido. Una duda vino a su mente; ella había pensado que nunca más lo vería, pero ¿si el sacerdote poseía poderes mágicos...? Luego recordó el peligro que tuvieron en el puente y sintió una punzada de culpa por no hallarse ese instante cerca a su abuelo, cuidándolo. Y... ¿dónde estaría el Puma? Le había dicho que siempre se encontraba cerca. Entreabrió los ojos un instante. Estaba sola en la habitación. De un recipiente junto a ella salía un humo de un extraño olor que se elevaba hacia su rostro. Cada vez se le hacía más difícil respirar... Sintió entre sueños que alguien la obligaba a ponerse de pie y la hacía caminar fuera de allí.

Cuando se despertó, se encontró con Kusi.

—¿Qué pasó? —preguntó Kispi Sisa.

—Nada raro que yo sepa —dijo el niño sorprendido por la pregunta.

A Kispi Sisa le pareció extraño encontrarse en la habitación donde antes había dejado al *kuraka*.

—Ese humo me estaba ahogando, ¿es por eso que me trajiste acá? —preguntó preocupada.

—Yo no te traje. Vine a verte pero te encontré dormida. Ya me iba, pero...

—¿Dónde están las *akllas*? ¿Y la *mamakuna*? Y mi pelo, ¿está trenzado?

—No veo a ninguna *aklla* ni a la *mamakuna*. Y... sí, creo que tu pelo está trenzado —contestó Kusi, que se preguntaba si Kispi Sisa había tenido algún sueño del que aún no se podía despertar completamente.

—¿Y el abuelo?

—Cuando vine no había nadie aquí. Todos están afuera comiendo. Aunque me encontré con un hombre de ojos saltones parecido a un sapo, que salía de aquí.

¡El *kipukamayu* otra vez! ¡Ese hombre tan feo; él también había atravesado el puente justo antes del accidente! ¿A qué habría venido? ¿A buscar qué? Eso la hizo pensar en su vara mágica de oro. ¡La había dejado allí, cerca del *kuraka*! La buscó pero en vano. ¡La vara ya no estaba!

Kispi Sisa corrió con el corazón latiéndole alocadamente. Kusi también corría detrás de ella. No entendía muy bien qué sucedía, pero ya estaba acostumbrándose a que los misterios surgieran continuamente alrededor de la niña. Corrían casi juntos cuando divisaron la figura del *kuraka* Apu Puma. Los niños se detuvieron jadeantes.

—Kispi Sisa, ¿eres tú? —preguntó sonriente el abuelo.

Había aprendido en su ceguera a distinguir la presencia de la niña.

—Sí, abuelo, sí, sí. Aquí estoy —respondió ella sintiendo una enorme tranquilidad al ver que el *kuraka* se apoyaba en la vara mágica.

Sin duda la había tomado para ayudarse a caminar solo.

—Esta vara es tuya, Kispi Sisa —dijo el abuelo contento, entregándosela.

Ese día por primera vez había podido vislumbrar una tenue claridad.

Kispi Sisa se sentía tranquila de haber encontrado su vara. Pero una nueva inquietud apareció en su mente: ¿había soñado el humo y la fea sensación de asfixia? Y, si no era un sueño, alguien la había salvado al sacarla de allí... Ah, pero seguramente había sido el Puma.

Capítulo XIII
Hacia el norte

Al otro día partieron nuevamente, esa vez ya en dirección norte, rumbo que mantendrían hasta llegar a su destino, Cusibamba, la Llanura de la Alegría. Se dirigían hacia el *tampu* de Huamanga[6], situado en la *llakta* del mismo nombre. El camino iba por encima de las montañas, por *chiryallpas*, tierras frías, por zonas de puna, zonas desérticas, aún más altas que los páramos, donde las pocas plantas se confundían con el color amarillento de la arena. Solo los cóndores los acompañaban planeando sobre ellos con sus enormes alas y saludándolos con sus graznidos. A pocas horas de marcha, empezaron a divisar algunas *kuchas*, las lagunas artificiales donde los campesinos recogían el agua lluvia para poder sembrar papas en

---

[6] Actualmente Ayacucho.

sus orillas. Esos círculos verdes, unidos entre sí por pequeñas acequias, parecían dibujos caprichosos en la desértica región.

Kispi Sisa y el *kuraka* Apu Puma iban delante del enorme grupo, como siempre. La gente ya estaba acostumbrada a caminar y lo hacía con gusto, conversando animadamente. De vez en cuando se acercaba Kusi para hablar con la niña y el *kuraka*. Habían entablado una buena amistad y al anciano le simpatizaba el pastorcito.

—Mira, Kispi Sisa, mira allá.

El muchacho señalaba hacia un círculo rosado que se veía a lo lejos en medio de la planicie, sobre una laguna.

Ella dirigió la mirada hacia donde le indicaba el muchacho e instintivamente giró su cabeza hacia el abuelo.

—Abuelo, son *pariwanas*, las aves del color del atardecer —dijo refiriéndose a los flamencos rosados que en ciertas épocas del año visitan algunas zonas altas de los Andes.

El abuelo sonrió con nostalgia. ¡Cuánto le habría gustado volver a ver! La niña se dio cuenta de su equivocación y quiso disimular lo avergonzada que se sentía.

—Abuelo, ¿crees que podemos pedir a uno de los *jampikamayus* que trate de sanarte la vista? —sugirió Kispi Sisa, refiriéndose a los curanderos.

—Hay varios que viajan con nosotros —intervino Kusi, deseoso de contribuir a la conversación.

—Ah, si alguien pudiera curarme... pero, creo que no es una enfermedad. Quizás cuando el Inti me perdone, volverá mi vista. Pero ¿saben algo? El maíz, al ser un grano sagrado, puede curar enfermedades.

—Abuelo, cuéntanos, cuéntanos cómo se hace —pidió Kispi Sisa.

—Pues se necesita tener diferentes variedades de maíz: *parakay sara*, el maíz blanco; *kulli sara*, el maíz negro; *kuma sara*, el maíz entreverado de colorado y amarillo; y el *paru sara*, solo amarillo. También se necesita el *mullu*, las conchas que se encuentran en las entrañas de Mama Kucha. El *jampikamayu* muele todo junto, y molido lo da al enfermo en la mano para que lo sople en ofrecimiento a todas las *wakas* de las cuatro esquinas del mundo, donde viven los espíritus de los dioses, diciendo estas palabras: «Dame salud, dondequiera que estés, dame salud».

»Luego, tomando un poco de oro y de plata se lo ofrece al Inti, y a su esposa, Mama Killa, y también a las estrellas, que son su corte celestial. Pero aquí no termina todo —el *kuraka* bajó la voz y continuó—: luego el enfermo debe ir a un lugar donde se junten dos ríos y debe lavarse el cuerpo con agua y harina de maíz blanco, diciendo que allí dejará la enfermedad.

Siguieron caminando en silencio. Los tres pensaban en lo mismo: si sería posible que alguna vez Apu Puma recuperara la vista. Los niños sentían la tristeza del *kuraka* por estar ciego.

—Gran Señor, tú que estás nombrado en honor del puma, ¿podrías contarme sobre este animal? —Kusi quería distraer al anciano.

—Ah, muchacho, los pumas son animales muy nobles. Ellos simbolizan el poder y la organización, esa es la razón por la que la *jatun llakta* del Cusco tiene forma de puma. Los pumas son los intermediarios de los *runas*, la humanidad, con Pachamama, la Madre Tierra; por eso uno de sus nombres es Hijos de la Tierra —explicó Apu Puma, satisfecho de poder hablar de un tema que le gustaba mucho—. También los pumas se llaman Apu Tinya, Jefe Tambor; así es como algunos tambores son confeccionados con su piel. Y como tú debes saber, por ser pastor, los pumas gobiernan las lluvias y son dueños de las llamas... o también a veces se adueñan de ellas... —Apu Puma se burló del pastorcito.

No bien hubo terminado el *kuraka* de mencionar la palabra «ellas», Kusi salió corriendo en dirección al hato que le correspondía cuidar. No iba a tomar riesgos de perder unas cuantas llamas, aunque de día y con tanta gente había poca probabilidad de que algún puma se acercara... pero pensaba que un puma mágico podía hacerlo de una manera que nadie pudiera notar su presencia hasta que ya fuese demasiado tarde...

Las llamas eran muy útiles en esa época. Las utilizaban para llevar carga. De su lana confeccionaban telas para la elaboración de ropa y del cuero de los pescuezos hacían sandalias; con el resto del cuero, confeccionaban cordeles, látigos y toda clase de ataduras. Su carne, principalmente seca en forma de *charki*, era considerada exquisita. Había llamas blancas, negras, pardas y algunas de colores mezclados. Los rebaños de llamas estaban compuestos según los colores de los animales.

Los que pertenecían al *sapa inka* eran solo de llamas blancas y, si nacía dentro del rebaño una de distinto color, la enviaban al hato que le correspondía. También las blancas eran sacrificadas al dios Sol. Dividirlas según sus colores facilitaba mantener la cuenta de las llamas en los *kipus*, los cordeles con nudos que utilizaban los *kipukamayus*, los contadores en la época de los *inkas*.

Kusi Waman llegó jadeante al lado de sus llamas. Los otros pastores las conducían con gritos, asustándolas con ramas secas. El *ayllu* del *kuraka* llevaba mil animales divididos por colores. Las que el niño cuidaba eran negras y llevaban aretes de lanillas rojas y amarillas en las orejas. Kusi sacó su quena y empezó a tocar mientras caminaba junto a las llamas. Él sabía que ellas apreciaban más la música que los gritos de sus compañeros.

—¡Qué bonito tocas, niño! —lo sorprendió la *mamakuna* caminando a su lado—. Oye, tú eres el niño amigo de la nieta del *kuraka*, ¿no? —preguntó la mujer dulcemente y, sin darle tiempo a contestar nada, le entregó un pequeño paquete—. Esto es algo para ella, pero es una sorpresa. Dáselo, por favor.

Luego miró sobre un hombro y se alejó tan rápido como si hubiera visto algún *supay*, los espíritus que a veces rondan por la Tierra.

Kusi obedientemente se disponía a guardarse el paquete dentro de su ropa, cuando alguien lo empujó haciendo que lo botara al suelo. Era justamente el hombre con aspecto de sapo que había visto salir el día anterior de la *kallanka* del *kuraka*. El hombre llevaba en sus manos un *kipu* de cordones largos de distintos colores.

—Ay, perdona, niño —se disculpó el hombre, agachándose presuroso a recoger el paquete, que pareció enredarse entre los cordones de su *kipu*—. Pero continúa tocando tu quena, que me gusta escucharte. Hoy tengo que contar estas llamas, han nacido muchas. Con tu música harás más agradable mi tarea.

Y le devolvió el paquete mientras pisoteaba contra el suelo con una de sus gruesas sandalias.

Kusi, pensando que el hombre se estaba impacientando, guardó rápidamente el paquete y se llevó la quena a los labios. Pero, antes de que empezara a entonar las primeras notas, el hombre ya se alejaba a toda prisa.

El muchacho encontró extraña la actitud del individuo; había comentado cuánto le gustaba su música y luego se marchaba así... pues parecía que algunas personas tenían prisa aquella mañana. Sacó el paquete, que se veía un poco estropeado. Tenía mucha curiosidad por saber qué había dentro. Miró hacia un lado y al otro para asegurarse de que nadie lo viera y lentamente desdobló la tela.

¡Estaba completamente vacío! Buscó por el suelo por si acaso encontraba algo que pudiera ser el contenido del paquete, pero en la tierra solo encontró vestigios de algún insecto apachurrado.

Kusi no sabía qué pensar de todo eso. Se sentía tan confundido... no quería ser culpado de

haber perdido algo que supuestamente estaba dentro del pequeño envoltorio; quizás algo valioso o importante. Entonces, decidió olvidar lo ocurrido y no decir nada a Kispi Sisa ni al *kuraka* y confiar en que la *mamakuna* no mencionaría su regalo. Luego... ya afrontaría la situación.

Capítulo XIV
Los monstruos de dos cabezas

Los *Inti runañan,* los caminantes del Sol, ya llevaban viajando durante algún tiempo. Habían pasado por Huamanga, cruzando el puente de Sangaro, luego del cual ingresaron al valle de Huancas, que después se llamaría del Mantaro. Se habían hospedado en Xauxatambo y recorrido de un valle a otro hasta Tarmatambo. Al final de cada día se hospedaban en un *tampu* y se quedaban uno, dos o más días en cada lugar, dependiendo de cuán difícil fuera el camino. Los *inkas* medían las distancias con el *tupu,* pero esa medida no tomaba en cuenta la distancia, sino el tiempo empleado en llegar entre un punto y otro; por lo tanto, los *tupus,* al subir una pendiente, medían más que los de una planicie. Los *tupus* en el camino estaban marcados a cierta distancia por las *chaskiwasis,* los albergues donde los *chaskis* se hospedaban.

La noche anterior habían subido hasta Pumpu, y se encontraban hospedados en el *tampu*. A pesar de que Pumpu era otro centro administrativo, ni su gran plaza trapezoidal ni sus edificios contaban con la belleza de las estructuras de piedras trabajadas en cantería fina, sino que, más bien, estaban construidas con piedras rústicas. El viaje hasta Pumpu había transcurrido sin contratiempos y quizás por eso no había vuelto a ver al Puma. Allí el Kapak Ñan, el Camino Real, se juntaba con otro camino importante que iba hacia los llanos, la región de la Costa, la parte del reino donde se adoraba al dios Pachakamak, quien daba ánimo y movimiento a la Tierra. La última parte del camino era ancha, bordeada por peñas, pero el resto tenía subidas y bajadas con escaleras de piedras construidas a propósito en la montaña, y por quebradas y precipicios donde el camino estaba resguardado por paredes de piedras para evitar que las personas y las llamas cayeran en los abismos. Los ingenieros indígenas trataban de llevar los caminos en línea recta, evitando las curvas o los cambios de dirección, pero a veces era imposible por los obstáculos naturales de las cordilleras.

Al día siguiente, Kispi Sisa se encontró con Kusi y juntos se fueron hacia una laguna que se encontraba junto al *tampu*. La laguna era una *waka* sagrada dedicada al dios Pachakamak. Kispi Sisa llevaba un pequeño canasto con mortiños y moras silvestres para ofrecerlos a los espíritus de la laguna. Un sol apenas tibio brillaba sobre el paisaje desolado. Al paso de los niños, algunas vizcachas, las curiosas chinchillas con aspecto de conejo y cola de gato, corrían a esconderse en sus guaridas subterráneas.

Las aguas de la laguna lucían negras y tranquilas. En ellas, como en todas las aguas, vivía la diosa del mundo subterráneo y esposa del dios Pachakamak. Esa diosa, que habitaba en un lago pequeño con sus hijas, las *urpaywachas*, había llenado todo el mar con peces.

Kispi Sisa se acercó hasta la orilla. En un instante las aguas se enfurecieron y se alzaron en una ola enorme que cayó sobre la orilla y mojó a los niños.

—Debes decir alguna cosa, Kispi Sisa. O hacer algo... —gritó Kusi Waman.

Kispi Sisa tiró las frutas y golpeó las aguas con su vara de oro. Una ola tan grande como la anterior la arrastró hacia las profundidades de la laguna. La niña cerró los ojos aterrada y contuvo la respiración, pero, una vez dentro del agua fría, se sintió tan bien como si fuera un pez. Abrió los ojos. A su lado estaba Kusi haciendo muecas chistosas. Kispi Sisa se rio y su risa formó una cortina de burbujas. En medio de las burbujas apareció la figura de una mujer con cabellos verdes que flotaban alrededor de su cuerpo plateado cubierto por escamas. En los brazos llevaba brazaletes de culebras que se enroscaban hasta sus codos y, en su frente, una corona de piedras preciosas adornada en la parte superior con un caracol de plata.

La aparición los llamó con la mano y, con un gesto, les indicó que la siguieran. Nadaron a través de un pasadizo subterráneo y llegaron a una cueva donde había un gigante con dos rostros, uno mirando al este y otro, al oeste. Estaba sentado en un *ushnu* de enormes proporciones. Era el dios Pachakamak.

Kispi Sisa salió del agua y se inclinó saludando. Kusi Waman hizo lo mismo.

—Ya me habían hablado de ti —dijo el dios con una voz que recordaba el reventar de las olas del mar—. Mama Waku me advirtió que vendrías, y me pidió que te complaciera en tus viajes por los tiempos. ¿Dónde quieres ir? o, mejor dicho, ¿dónde quieren ir?, porque veo que tienes un acompañante... —continuó mirando a Kusi, quien parpadeó nervioso.

Kispi Sisa no tuvo que pensar mucho porque inmediatamente vio en su mente a la hermosa gente que le recordaba al pájaro *kurikinki* y quienes serían sus descendientes. Era a ellos a quienes deseaba ver otra vez en el mañana del tiempo. Pero no deseaba irse tan lejos en el tiempo como la última vez... pensaba que quería verlos en una época más cercana a donde ella se encontraba. Golpeó con su vara de oro delante del *ushnu* del dios mientras formulaba su deseo; de inmediato sintió que se movía vertiginosamente dentro del túnel del tiempo. Kusi iba delante de ella.

Se encontraron en un bosque tupido lleno de árboles y arbustos. Kispi Sisa deseó que el Puma apareciera y en ese momento el animal salió, como era de esperarse, de detrás de un *pumamaki*, el árbol de mano de puma. Esa vez Kusi Waman lo saludó contento. El Puma sugirió que se subieran a las ramas de uno de los árboles. El bosque estaba lleno de un silencio amenazante que molestó a Kispi Sisa.

—Oye, Puma, ¿dónde están los *kurikinkis*? —preguntó la niña, refiriéndose a la gente con el apodo cariñoso que les había dado.

—¿Los qué? —preguntó a su vez Kusi, molesto porque nunca se enteraba de todo lo que sucedía pues siempre surgía algo nuevo.

—Miren, allá están... —dijo el Puma.

Escondidos detrás de los árboles, se encontraban los hombres vestidos de negro. Su largo cabello estaba trenzado sobre su espalda y en las manos tenían lanzas de madera de chonta. Kispi Sisa los reconoció inmediatamente.

En la distancia se escucharon unos ruidos rítmicos, que a los niños les parecieron como de tambores. El ruido se acercaba cada vez más por un camino angosto que pasaba casi inadvertido entre la vegetación. Los *kurikinkis* se escondieron aún más detrás de los árboles, flexionaron sus cuerpos y alzaron las lanzas, alertas a lo que se aproximaba.

Kispi Sisa y Kusi miraban con toda atención. No podían imaginarse quiénes venían corriendo y tocando tambores al mismo tiempo. Cuando, de pronto, una horrible bestia apareció entre el follaje. ¡Tenía cuatro patas y dos cabezas! La cabeza de la parte superior mostraba una cara pálida cubierta de pelo y un cuerpo de metal; la cabeza inferior estaba sostenida con unas tiras largas a las manos del monstruo. Los niños gritaron con horror al ver que otros monstruos se unían al primero.

—¿Quiénes son? —Kusi susurró la pregunta al Puma.

—Son seres que vinieron en casas flotantes del otro lado de Mama Kucha, subieron las montañas y ahora tus descendientes llevan muchas lunas luchando contra ellos —contestó el Puma.

Los niños presenciaron cómo los *kurikinkis* salían de detrás de los árboles y atacaban a los monstruos de dos cabezas, y cómo los extraños seres respondieron con unas varas que lanzaban rayos y retumbaban como truenos.

—¡Tenemos que ayudarlos, Puma, tenemos que ayudarlos! —gritó Kispi Sisa, saltó al suelo y corrió blandiendo su vara de oro, seguida por Kusi.

—¡Esperen! —rugió el Puma, y su sombra se proyectó sobre los dos niños que corrían—. ¡No puedes cambiar el mañana del tiempo, Kispi Sisa! —dijo, mirándola fijamente a los ojos.

Se encontraban nuevamente a orillas de la laguna sagrada.

—¿Por qué nos trajiste justo este momento, Puma? Los *kurikinkis* están en peligro y yo quería ayudarlos a luchar contra los monstruos de dos cabezas —protestó la niña.

—Sí, yo también quería participar en la pelea —agregó el muchacho en tono belicoso, para que no hubiera ninguna duda de que él era tan valiente como ella.

—Sí, sí, comprendo —dijo el Puma, conciliador—. Pero podemos tan solo ver lo que pasa en el futuro, y no podemos intervenir —continuó recalcando la palabra «intervenir»—. No te preocupes, Kispi Sisa, tus descendientes son muy valientes y luchadores. Y, antes de que me preguntes... sí, los volverás a ver otra vez en otros viajes al devenir del tiempo.

—Oye, Puma, yo también tengo una pregunta —Kusi Waman se dirigió al Puma—. ¿Cómo es eso de que las personas a quienes Kispi Sisa llama *kurikinkis* van a ser sus descendientes?

—Ejem, ejem —tosió el Puma delicadamente—. En realidad también van a ser los tuyos.

—Ah —repuso Kusi sin comprenderlo muy bien, pero contento de que él también participaría del asunto.

Pero esa vez fue a Kispi Sisa a quien se le pusieron las mejillas encendidas como dos antorchas, al caer en cuenta del significado de las palabras del Puma.

Gonzalo Pizarro

Capítulo XV
Una noche de luna

El *kuraka* Apu Puma caminaba guiado por Kispi Sisa mientras se preguntaba esperanzado si algún día iba a recuperar la vista. Poco a poco, una pequeña claridad se empezaba a filtrar por sus ojos ciegos y, a veces, hasta podía distinguir a las personas como bultos sin forma.

Kispi Sisa también iba pensando por el camino. En todos los días que ya habían transcurrido de viaje, no había podido olvidar a los *kurikinkis* y los extraños seres con quienes se enfrentaron.

También Kusi pensaba y se preguntaba una y otra vez si no debería contar a la niña sobre el incidente con el pequeño envoltorio que le enviara la *mamakuna*. Pero, como muchas otras veces desde que eso sucediera, no quiso hacerlo pues temía meterse en problemas al no saber explicar la desaparición de su contenido.

El grupo caminaba con el ritmo de siempre. Muchos bebés habían nacido ya en el camino y varias parejas se empezaban a formar entre risas y juegos. La costumbre de lanzarse piedrecillas los unos a los otros distinguía a los enamorados que viajaban entre los demás del *ayllu*. Al llegar a Cusibamba, varias bodas se efectuarían uniendo aún más los lazos de amistad entre las familias.

La mayor parte del trayecto había transcurrido en zonas muy altas, frías y desoladas. Desde Pumpu, siguiendo siempre el norte, pasaron por Tunasucancha, el pequeño *tampu* de Tamparacu. Luego por Piscobamba, y apenas en Sihuas se encontraron en un hermoso valle para nuevamente subir muy alto otra vez hacia el famoso *tampu* de Huanucopampa. Ese era el enorme centro administrativo, donde se almacenaba la mayor cantidad de comida, ropa y armas del imperio de los *inkas* dentro de dos mil *kullkas*, depósitos donde guardaban víveres, ropa y armas. La plaza de Huanucopampa era enorme, con un *ushnu* en el medio y rodeada de construcciones bajas, a propósito, para así permitir una visión sin límites hacia los cerros y el cielo.

Llegaron a Huanucopampa por la tarde. Pasarían allí esa noche para emprender el viaje al día siguiente. Una gran cantidad de terrazas de cultivo se extendían como gradas tapizadas en telas de colores. Los *inkas* sembraban en terrazas, que construían en las faldas de los cerros, empleando paredes de piedra como muros de contención. Utilizaban un sistema de canales para regar el terreno, y las araban con la *chakitaklla*, que era una vara de madera con punta de bronce o piedra.

Ya al atardecer, un grupo de mujeres cocinaba en la *pachamanka*, 'olla de tierra', un horno cavado dentro de la tierra, forrado con piedras calentadas previamente al fuego. El delicioso olor de carne de llama junto con papas, habas y ocas, que las ramas con las que tapaban todo dejaban escapar, bailaba en el aire e invitaba a la gente a comer.

Era una noche donde Mama Killa, la Luna, también lucía apetecible, gorda y redonda, brillando contenta sobre las personas que estaban reunidas.

Los niños jugaban en pretendidas luchas libres, y concursos de saltos y carreras. Los mayores escuchaban a los *amawtas* recitar los cantares que hablaban de las acciones épicas de sus antepasados, de los favores que pedían a los dioses, del amor o de los animales que admiraban y a quienes alababan.

Un *amawta*, un poeta, que tenía en su frente un cordón rojo decorado con dos plumas de gavilán y una grande de cóndor, declamó con resonante voz:

Yaya kuntur, apaway,	*Padre cóndor, llévame,*
tura waman, pusaway,	*hermano gavilán, guíame,*
mamallayman willapuway.	*intercedan por mí ante mi madre[7].*

La noche se deslizaba suavemente sin permitir que el frío de esas regiones tan altas impidiera que la gente disfrutara momentos agradables de unión y fraternidad, características ancestrales de los pueblos andinos.

---

[7] Poema de los *inkas* recopilado por Felipe Guamán Poma de Ayala, nieto de un administrador *inka*, en su libro *Nueva crónica y buen gobierno*.

Las constelaciones también estaban presentes, bordadas sobre un firmamento de fina lana de alpaca negra; la Cruz del Sur (llamada Chakana), la constelación de Orión (que tenía el nombre de Urkurara) y Escorpio (Amaru), al lado de muchas otras, decoraban la noche. Los *inkas* distinguían dos tipos de constelaciones: las figuras que se formaban entre estrella y estrella, y las llamadas constelaciones negras, los grandes vacíos sin luz estelar. Así tenían a la Llama, al sur, una de las más importantes constelaciones negras, que representaba a una mamá llama con su hijita, que recorrían los cielos en busca de agua. En el cielo, que era el mundo de arriba, habitaban los dioses y diosas celestiales: el Sol, la Luna y el Rayo. El firmamento era considerado un *tumi*, el cuchillo andino que tiene una hoja semicircular, y por eso llamaban al firmamento *tumipampa*, la llanura en forma de *tumi*.

Kispi Sisa, junto al *kuraka* Apu Puma y Kusi Waman, se encontraba sentada disfrutando de los poemas y cantares. Un viento repentino sacudió los cabellos de la niña, sueltos sobre su espalda. Esto le hizo recordar la vez que la *mamakuna* la llevara a trenzar su cabello. Todavía le parecía misterioso todo lo que había sucedido: el extraño humo, cómo se había quedado dormida mientras la peinaban para despertarse en otra habitación, y la presencia del hombre con aspecto de sapo que Kusi había visto salir de allí. A Kispi Sisa le habría gustado tener respuestas a esas preguntas.

Justo en ese momento la *mamakuna* se acercó hacia ellos. En el brazo llevaba una canasta pequeña de colores tapada con una tela gruesa. La mujer se sentó al lado del *kuraka* y, luego de saludarlo, empezó a comentar sobre la hermosura de la Luna, hasta que, al mirar al cielo, un grito escapó de su boca. Un grito al cual se unieron cientos.

—¡Mira, mira, Kispi Sisa, mira lo que está sucediendo a Mama Killa! —exclamó sorprendido Kusi.

—¿Qué sucede? —preguntó el *kuraka*, consternado por los gritos de su pueblo.

—¡Mama Killa está desapareciendo, abuelo! —exclamó Kispi Sisa, poniéndose de pie.

Y en realidad se veía claramente cómo una sombra lenta empezaba a ocultar a la Luna. Era un eclipse lunar que aterraba tanto a los pueblos indígenas porque creían que una serpiente gigante se estaba tragando a la Luna, y que, si la Luna moría, el cielo se desplomaría sobre ellos. Y en verdad que esa noche la Luna había lucido demasiado apetecible...

—¡No hay tiempo que perder, rápido, hay que hacer mucha bulla, para asustar a Amaru, que se está comiendo a Mama Killa! —ordenó Apu Puma.

El ruido fue ensordecedor. Todos gritaban con voces agudas parecidas a aullidos. Las mujeres tocaban los tambores, los pequeños *tinyas*, y los hombres soplaban los *pututus*. Azuzaban a los perros para que ladraran y los niños asustados no necesitaban que los obligaran a llorar para lanzarse en verdaderos berrinches.

—¡*Killa kuya mama*! ¡Luna Reina Madre! ¡Mama Killa! ¡No desfallezcas! ¡*Runay kiman*! ¡La gente te necesita! ¡Aguanta, Mama Killa, aguanta!

Con las miradas puestas en el firmamento, la gente gritaba sin parar. El *kuraka* Apu Puma también gritaba con su voz cascada y con el rostro vuelto hacia arriba. Aunque no podía ver, sentía la necesidad de fijar sus ojos ciegos en la Luna.

De repente, en la poca claridad que aún había, vieron a una nube en forma de puma saltar sobre el pequeño pedazo brillante que quedaba de la Luna. Todo quedó en la mayor oscuridad. Por unos segundos, bajaron el tono de sus lamentaciones pero, de inmediato, volvieron a gritar con más desesperación aún. Esto duró largos minutos que parecieron una eternidad. Si la Luna había muerto, en cualquier momento los pedazos rotos del cielo caerían sobre sus cabezas.

Pero una pequeñísima línea brillante apareció en cielo. Los niños se dieron cuenta primero y dejaron de llorar. La gente miraba ansiosa cómo la Luna volvía lentamente a aparecer. ¡Mama Killa se había salvado gracias a ellos y continuaría brillando desde el *tumipampa*!

Con el corazón alegre, Kispi Sisa explicaba detalladamente al *kuraka* lo que sucedía y la progresiva aparición de Mama Killa. No le quedaban dudas. ¡El Puma había luchado contra la serpiente y la había derrotado! Kusi, también contento, corrió a ver a sus llamas para asegurarse de que se encontraran bien.

—¡Ahhh, qué bueno que todo terminó bien! —suspiró la *mamakuna* junto al *kuraka* y a Kispi

Sisa, quienes con toda la agitación reinante se habían olvidado de ella.

Apu Puma se sentó completamente cansado con tanta emoción. La mujer se agachó, parecía que quería sentarse a su lado. Su canasto de colores se balanceaba sobre ellos. Kispi Sisa sintió una sensación extraña... de peligro, como otras veces había sentido justo antes de...

Una conmoción a su lado la distrajo de sus pensamientos. El hombre con aspecto de sapo, el *kipukamayu*, se balanceaba peligrosamente sobre el *kuraka*, casi cayendo sobre él. En sus manos sostenía un saco de yute. Kispi Sisa se hizo a un lado al ver a una serpiente que se arrastraba muy cerca de ellos.

—Perdona, noble Apu Puma —se disculpó el hombre, recuperando el equilibrio.

La *mamakuna* lo contempló con antipatía; le había hecho tirar su canasto al empujarla.

Kispi Sisa miró hacia el suelo. La serpiente había desaparecido entre las sombras. También el *kipukamayu* desapareció en la noche. A la niña le pareció una extraña coincidencia.

—Bueno, bueno, creo que es hora de retirarnos. Mama Killa está en el cielo gracias a que gritamos tanto. ¡Ahora, a dormir! —ordenó el *kuraka*.

Kispi Sisa guio al abuelo al lugar donde él dormía y salió a buscar a Kusi. Lo encontró abrazando a las llamas, consolándolas porque aún se encontraban asustadas.

La niña también se acercó a acariciar a los animales, pero las llamas retrocedieron sobresaltadas al ver en dirección suya, porque, detrás de Kispi Sisa, la silueta de un felino se dibujaba bajo la luz de la Luna. Era el Puma. Kispi Sisa corrió donde él.

—¡Oh, Puma! ¡Tú salvaste a Mama Killa! —dijo, mirándolo con admiración.

—Psss, no es nada —contestó el Puma, aparentando modestia.

—Oye, ¡qué bien! ¡Venciste a esa serpiente así! —dijo Kusi, golpeándose la mano abierta con el puño de la otra.

—Qué golpe ni qué nada —respondió el Puma fanfarrón—. ¡Me tragué a esa serpiente de un solo bocado! —y soltó un rugido de gusto al ver la expresión con la que los niños lo miraban—. No, no me la tragué. Las serpientes me indigestan; especialmente una de ese tamaño —bromeó el Puma—. Pero ahora tengo que cumplir con una misión...

—¿Cuál?— preguntaron al unísono los niños.

—La de llevarte a ti, Kispi Sisa, y... —se interrumpió mirando a Kusi— ...bueno, tú también puedes venir, si Kispi Sisa acepta.

Kispi Sisa sonrió mirando a Kusi, quien le devolvió la sonrisa. Estaban seguros de que otra aventura los esperaba esa noche.

—Cerca de aquí está una *waka* sagrada, una de las más sagradas —recalcó el Puma—, donde te espera un personaje muy importante.

Fiesta del Chinchaysuyu

Capítulo XVI
Wirakucha, el dios de espuma de mar

154 Kispi Sisa y Kusi Waman siguieron al Puma, que los llevó hacia un pequeño cerro sobre el cual se encontraba la famosa *waka* de Ancovilca, donde los aguardaba el misterioso personaje que había enviado a buscar a la niña. Era una piedra negra de forma triangular del tamaño de dos hombres parados uno sobre el otro. Cuando se acercaron, la piedra se abrió dejando una brecha lo suficientemente grande para que pudieran pasar por allí. Una vez adentro se encontraron en la más completa oscuridad. Los minutos transcurrían lentamente y Kispi Sisa empezó a impacientarse. Kusi, por su lado, había decidido esperar tranquilamente a que los acontecimientos se desarrollaran. El Puma también se limpiaba filosóficamente sus largos bigotes con una pata; cuidar

de esa niña era un trabajo en el cual nunca se sabía qué iba a suceder.

—Auruuuuummmmmmmmmm.

Algo invisible que no era el viento sacudió a los viajeros, que apoyaron sus espaldas contra la pared de piedra para no caerse. Un resplandor violeta se extendió en el lugar.

La figura de un hombre viejo con cabellos blancos y largos y pelo en la cara apareció en medio de la luz. Sus ojos parecían cristales donde se reflejaba el cielo gris del atardecer. Kispi Sisa retrocedió asustada. El rostro cubierto de pelo del anciano le recordaba la imagen terrorífica de los seres de dos cabezas que disparaban rayos, a los cuales había visto hace algunos días en su viaje al devenir del tiempo. Pero la calma que transmitía su mirada la tranquilizó.

El Puma bajó la cabeza en señal de respeto y dijo con su voz ronca:

—Poderoso Wirakucha, Ordenador de las Cosas, te alabamos.

Al escuchar esto, tanto Kispi Sisa como Kusi se acostaron sobre el suelo y escondieron sus rostros, impresionados de estar en presencia de Wirakucha, un dios tan importante.

Y es que Wirakucha, o Espuma de Mar, era un dios mayor de la más alta dignidad. Cuando Wirakucha había hecho su aparición sobre la Tierra, al principio del principio, los seres humanos ya habían emergido al mundo, saliendo del interior de cuevas, lagunas o cavernas, y el sabio dios se dedicó a ordenar todo, a enseñar y a señalar las funciones que debían cumplir todos, tanto los seres humanos como los animales y las plantas. Wirakucha era un dios amado y venerado por ser el dios que todo lo sabe y todo lo ve.

—¡Levántense, niños! —ordenó el dios con tono amable—. Ah, Kispi Sisa... te he estado observando desde que saliste en este viaje... y me gusta mucho cómo te has comportado —continuó el dios.

Kusi miró a la niña. Él también se había comportado muy bien, pero se alzó de hombros; en fin, ya estaba acostumbrado a que los personajes importantes se dirigieran casi siempre solo a ella.

—Gracias, padre Wirakucha —respondió Kispi Sisa, sintiéndose orgullosa.

—Ya te acercas cada vez más a tu destino —explicó el dios—. Yo también fui, hace mucho tiempo, hacia esa parte del Chinchaysuyu, donde los rayos del sol caen de pie. Caminé por la costa y allí extendí mi capa sobre las aguas de Mama Kucha y me alejé flotando en la espuma del mar, prometiendo volver algún día.

El dios Wirakucha suspiró.

Como los niños no sabían qué decir, decidieron guardar silencio y dejar que el dios hablara. El Puma se hallaba de pie, junto a ellos, moviendo su cola rítmicamente mientras escuchaba con atención.

—Pero... en fin... deseo ayudarte para que otra vez vayas al devenir del tiempo a ver a tus...

—¡A los *kurikinkis*! —interrumpió Kispi Sisa, palmoteando sin poder contener su alegría.

El dios frunció el ceño por un momento al verse interrumpido y el Puma abrió mucho los ojos con expresión sorprendida y preocupada. ¡Nunca antes había conocido a nadie que se atreviera a interrumpir así; aun a un dios!

Kusi viró los ojos hacia arriba: ya sabía el extraordinario entusiasmo que poseía Kispi Sisa cuando se trataba de ir al futuro a ver a aquellas personas y él también tenía interés en verlos otra vez, desde que escuchara que se hallaba de alguna manera conectado con ellos.

—... descendientes —concluyó el dios Wirakucha.

—Estoy lista... eeeh, estamos listos —respondió Kispi Sisa, mirando a Kusi y al Puma.

—Golpea el suelo con la vara de oro que te dio Mama Waku —ordenó Wirakucha mientras pronunciaba unas encantaciones.

En segundos, una especie de espuma blanca transparente cubrió a los niños y el Puma, y en menos de un instante se encontraron en el devenir del tiempo, en la misma pequeña colina donde Kispi Sisa había visto por primera vez a sus descendientes. Sintiéndose en un lugar conocido, se sentó sobre la hierba y le insinuó a Kusi que hiciera lo mismo. El Puma se acostó junto a ellos.

—Miren, miren. ¡Parece que otra vez están de fiesta! —exclamó Kispi Sisa.

Las personas a quienes miraban se encontraban caminando en una procesión. Llevaban su hermoso vestuario negro, pero esa vez con algunos cambios. Los hombres tenían pañuelos de colores en sus espaldas, doblados en forma de triángulo. Al cuello, una banda blanca y algo que les pareció a los niños un collar de plata, hecho de pequeños discos perforados en el centro mezclados con cuentas de oro que terminaban con una cruz colgante de plata. Algunos llevaban un poncho que a los niños llamó la atención por lo novedoso. Las mujeres lucían dos chalinas preciosas, la una blanca con pintas negras bajo otra de color azul celeste. Adelante caminaban los personajes más importantes, seguidos por los que tocaban unos pequeños tambores y marchaban con banderas rojas haciendo rezar a las personas. Todos llevaban máscaras y su pelo estaba arreglado en muchas trenzas. Seguían otros llevando cirios encendidos y luego otros cargando dos estatuas por separado, de un hombre sosteniendo una cruz y de una mujer cubierta por un velo.

—Están paseando a las momias de sus antepasados —dijo Kusi recordando el ritual que los *inkas* tenían de llevar en andas a las momias por la plazas de sus ciudades, durante algunas ceremonias importantes.

—No, no, no —dijo el Puma, moviendo la cabeza y sentándose para explicar mejor—. Niños, deben recordar que estamos en el devenir del tiempo y que las cosas han cambiado. Igual que ya no hay un *sapa inka*, tampoco se rinde culto a las momias de los antepasados...

Kusi y Kispi Sisa contuvieron el aliento. ¿Cómo era eso posible?

—... esas dos figuras representan, la una, al Hijo de Dios y la otra, a su madre. Los que van adelante son los priostes, que dirigen todas las actividades de la fiesta. Allí están los niños guiadores llevando el incienso. Eso que están haciendo es la procesión de Semana Santa.

—¡Ahhh! —exclamaron los niños, sin lograr entenderlo muy bien.

—Claro que durante estas fiestas también celebran los frutos que brinda Pachamama, la Madre

Tierra, y lo hacen con un ritual que se llama *supalata* en honor de los frutos tiernos —continuó el Puma—. Los niños van disfrazados, bailando de casa en casa. La gente les brinda comida y ellos, en agradecimiento, dejan semillas para que siembren el próximo año.

En ese momento escucharon los gritos de alegría de la gente que se aglomeraba delante del templo. Un niño vestido de blanco, con dos alas pegadas en su espalda, colgaba de una estructura de madera.

—Ese niño está disfrazado de pájaro —señaló Kispi Sisa— y lo tienen colgado como si volara.

—Ah, no. Ese no es el significado del niño —intervino el Puma—. El niño que cuelga de una *pukara*, es decir, 'fortaleza', está vestido como ángel, que es un espíritu que vuela y... este... ayuda a aprender a volar... o algo así... creo.

Y el Puma gruñó como si tosiera para disimular que no estaba muy seguro del tema.

Para Kispi Sisa no estaba muy clara la explicación de qué era un ángel, pero se aguantó las ganas de volver a preguntar. Ya se imaginaba que sería muy difícil entender todos esos ritos nuevos que sus descendientes realizarían y, por el momento, se contentaba con solo observar lo que sucedía, lo lindos y elegantes que se veían, y escuchar la hermosa música que tocaban.

Justo en ese momento, el niño disfrazado de ángel arrancó el velo del rostro de la estatua de la Virgen María; todos lo celebraron con aplausos y entraron al templo.

El templo estaba engalanado con cortinas blancas, flores y muchas velas. Los alumbradores y las alumbradoras entraron primero en la iglesia sosteniendo grandes candelabros de madera con doce velas. Luego trajeron los arreglos florales y, mediante la *sisapasana*, un ritual especial, pasaron los ramos hasta ponerlos frente al altar.

—Y al finalizar la ceremonia, luego comparten una deliciosa mezcla de ricas comidas que llaman *pinchis* —dijo el Puma— y... ahora, creo que tenemos que regresar al pasado otra vez y no me pidan un ratito más porque...

Pero el Puma se vio interrumpido por un abrazo que le daba Kispi Sisa.

—¡Ay, Puma! ¡Tú sí que sabes mucho! Y lo explicas tan bien... ¡Muchas gracias!

Y la niña le dio un beso en la narizota. El Puma habría querido ser un gatito para ronronear, pero gruñó tiernamente y restregó su cabeza contra Kispi Sisa. Después de todo, cuidar a una niña tenía sus ventajas.

Momia de un *sapa inka*

Capítulo XVII
El juego del *pukllay*

Al salir de Huanucopampa, los viajeros siguieron su viaje por las escarpadas montañas. El camino tenía un ancho de cuatro a seis metros y casi todo era empedrado, con canales a cada lado para que corriera el agua lluvia sin dañarlo. Atravesaron por puentes simples de troncos y otros con estructuras de madera montados sobre muros de piedras. Muchos de esos puentes eran tan anchos como para que diez personas pudieran caminar juntas tomadas del brazo. Ya en Conchucos, un *tampu* importante en un valle muy alto, se encontraron con grandes rebaños de llamas blancas sin una sola mancha, que pertenecían al *sapa inka*.

Los días transcurrían fríos y tranquilos, mientras la gente caminaba a un ritmo aún más ligero, porque se encontraba deseosa de llegar pronto a su destino. Pasaron también por muchas *wakas* a lo largo del camino, como la de Yaño, *waka* principal de los caruacs, y la de Yuirgo, de los conchucos, pero en ninguno de esos lugares sagrados hubo nuevas apariciones de dioses o de héroes que llamaran a Kispi Sisa, aunque la niña esperaba ansiosa volver otra vez a encontrarse en el devenir del tiempo. Muchas de esas *wakas* pertenecían a la gente que los *inkas* habían conquistado y, que según su costumbre, eran respetadas como lugares sagrados. Para ello, el *sapa inka* realizaba una alianza con los *kurakas* de esos pueblos, utilizando las alas de un halcón. La derecha se la quedaba el *inka* y la izquierda la enviaba con un emisario para que fuese enterrada en la *waka* del lugar conquistado. Esto lo hacía como señal de la nueva alianza entre sus pueblos, razón por la cual Apu Puma llevaba en ese viaje un ala de halcón que enterraría en la *waka* más importante del nuevo lugar donde vivirían.

El *kuraka* se sentía optimista y contento al ver transcurrida la mayor parte del camino. Su visión, aún muy nublada, ya le permitía moverse con mayor facilidad y cada vez lo hacía más sin la ayuda de su nieta. Pero Kispi Sisa no se alejaba por mucho tiempo de su lado porque se sentía intranquila al pensar que algo malo podría sucederle a su abuelo. Habían ocurrido demasiadas situaciones peligrosas en ese viaje, y todavía le molestaba la visión de la víbora que se había arrastrado ante sus ojos, muy cerca de ellos, la noche en que Mama Killa casi había desaparecido. ¿Qué habría pasado si los hubiese llegado a morder? Y una vez más se preguntó si, en vez de ser tan solo una coincidencia, era que alguien quería hacerles daño, a su abuelo o a ella misma. Esto la llevó a pensar en el hombre con aspecto de sapo y en la *mamakuna*. Los dos saludaban muy amablemente a ella y al abuelo, pero nunca se acercaban a conversarles durante los momentos de descanso o en los *tampus* donde pasaban las noches. La *mamakuna* siempre lucía su sonrisa dulce y el hombre, un gesto serio en su feo rostro, que desagradaba a Kispi Sisa.

Kusi Waman, por su parte, atendía a sus llamas durante la travesía y, al llegar a los *tampus*, luego de dejarlas a buen recaudo, se unía al *kuraka* y a Kispi

Sisa, con quienes compartía la comida. Habían nacido muchas llamitas que él debía seleccionar por colores para mantenerlas en los distintos rebaños. A Kispi Sisa le encantaba ayudarlo en esa tarea y les ponía nombres a las llamas recién nacidas. El muchacho tenía que admitir que le gustaba Kispi Sisa porque era valiente y decidida, y que no le habría importado llegar a casarse con ella cuando fueran mayores, aunque sabía que eso era imposible pues ella era la nieta de un *kuraka* y él, un *jatunruna*, un campesino pastor de llamas. Los *inkas* tenían reglas estrictas sobre las clases sociales. Nadie podía ser algo diferente de lo que su padre era, puesto que los cargos o profesiones eran hereditarios. Los hijos de los sacerdotes eran los nuevos sacerdotes; los hijos de los campesinos, los *jatunrunas*, se mantenían así; y los hijos de los nobles, príncipes o *kurakas*, eran quienes luego gobernarían. Solo la tropa hacía trabajos temporales, pero los líderes militares también dejaban su cargo en herencia para sus hijos. Cuando el *sapa inka* moría, no gobernaba su hijo primogénito, sino el hijo que fuera considerado más apto para el cargo.

Kusi se alzó de hombros en su gesto típico; por lo menos Kispi Sisa y él eran compañeros de aventuras durante ese viaje, y eso ya era bueno.

Al llegar a Huamachuco, el camino se desviaba para evitar la tierra pantanosa y caminaban por las laderas ondulantes de las montañas. Esto hacía un poco más lento el progreso del viaje, pero no desanimaba a los caminantes del Sol, porque mientras más se acercaban a Cajamarca se encontraban con unos paisajes más verdes y cálidos rodeados de hermosos nevados. Cajamarca era un *tampu* muy importante con una plaza diferente a las otras, debido a que estaba cerrada con paredes por los cuatro costados. En una esquina tenía una *intiwata*, una piedra en punta erguida sobre una piedra plana. Esto servía para ver el paso del Sol a través de su sombra y así definir los meses del año y las horas del día. Los *inkas* tenían doce meses lunares, pero les sobraban diez días que distribuían dentro de algunas semanas.

Apenas llegaron, Kispi Sisa sintió algo extraño: era como una presencia que la rodeaba, que calentaba su cuerpo y parecía atravesarla. Al desaparecer los últimos rayos del sol, una voz resonó en su cabeza, llamándola por su nombre. La niña tomó su vara de oro y salió a la plaza, deteniéndose junto a la *intiwata*. Algo la impulsó a golpear el piso con su vara mágica, e inmediatamente se sintió transportada por una luz tan esplendorosa que la cegó por un momento. Cuando la luz bajó de intensidad, la niña se encontró en una habitación con las paredes cubiertas de láminas de oro. Frente a ella había un ídolo también confeccionado en oro. Kispi Sisa se cubrió con una mano la frente para poder verlo mejor, porque la luz que emanaba era muy fuerte. Era la figura de un niño como de diez años, vestido como un *sapa inka*, con orejas horadadas y largas, con discos encajados en los lóbulos y una *mayskaypacha*, la borla imperial, sobre la frente y el *llawtu*, el cordón real, ceñido en la cabeza. Un círculo de oro con rayos elaborados con delgadas varillas del mismo metal sobresalía de su nuca. A ambos lados de la estatua estaban talladas dos serpientes de dos cabezas cada una y dos pumas que hacían de guardianes. Era el ídolo del dios

Sol que los *inkas* adoraban con el nombre de Punchaw, el creador de la luz. Se decía que el ídolo era hueco por dentro y allí depositaban los corazones de los reyes *inkas* fallecidos.

El ídolo se movió lentamente, primero con movimientos mecánicos y luego saltó con gran agilidad de su *tyana*, el banquito donde estaba sentado, y abrió su boca listo a hablar. Kispi Sisa se sintió aterrada. Una cosa había sido encontrarse con los otros dioses y personajes importantes, pero ¡otra era con el dios Sol, con el Inti! La niña se quedó petrificada, con un solo pensamiento en su mente: ¿qué le diría el Sol? Siendo el dios más poderoso seguramente hablaría con esas palabras elegantes y raras, tan difíciles de entender, que utilizaban los sabios.

—¡Bienvenida! —dijo el ídolo del Sol—. Estás en la *waka* sagrada del cerro Yamoc, y aquí he venido a encontrarme contigo.

Kispi Sisa se quedó muda. ¡No había esperado que le dijera nada tan sencillo y amable! Tosió varias veces y por fin pudo encontrar su voz para decir la oración ritual del dios Sol:

—¡Oh, Inti, que estás en paz y salvo!, alumbra a esta persona que...

—Está bien, está bien, niña. Gracias por tus oraciones pero ahora tenemos otras cosas de qué hablar.

Y el ídolo le guiñó sus ojillos de niño travieso.

¡El ídolo le estaba sonriendo! ¿Podría pedirle que la llevara al devenir del tiempo? Y él, adivinando la pregunta, le respondió:

— Sí. Te llevaré al devenir del tiempo. Pero con una condición...

«Uyyy, ¡aquí viene lo difícil!», pensó Kispi Sisa.

—... que juguemos un juego, porque, cuando estoy representado así, como un niño, me gusta jugar —continuó el dios.

—¡Claro, gran Señor, dios Sol!

—No, no me llames señor... ahora no.

Punchaw agitó su dedo índice con picardía.

En un abrir y cerrar de ojos, en lo que se demora la luz en tocar la Tierra, Kispi Sisa se encontró en un valle donde había dos cerros. ¡Claro que sí! Lo había visto en sus sueños justamente la noche anterior a su malogrado sacrificio: eran los dos cerros desde donde el mismo Inti jugara con Mama Killa,

lanzándose bolas de oro y de plata. El ídolo del Sol ya estaba sobre el otro cerro y le lanzó una bola de oro. ¡El dios estaba jugando con ella el *pukllay*, un juego de combate ritual que los *inkas* jugaban tirándose frutas secas! Kispi Sisa era juguetona y no iba a dejar pasar un buen desafío. Miró a su alrededor para ver qué podía ella lanzar contra el dios, pero solo encontró algunas rocas pequeñas que jamás alcanzarían a llegar al otro cerro. Suspiró molesta. ¿Qué podía utilizar? Otra bola de oro cayó casi a sus pies y la tuvo que esquivar saltando; solo entonces se fijó en unas esferas plateadas que se hallaban puestas en un montón sobre la hierba. ¡Eran bolas de plata! ¡Las mismas que Mama Killa había utilizado para jugar con el Sol! Kispi Sisa no esperó ni un momento más, tomó una con su mano, apuntó cerrando un ojo y la lanzó con todas sus fuerzas.

La bola cayó directamente sobre la cabeza del ídolo. Kispi Sisa se llevó la mano a la boca, ¿qué iba a suceder? ¿Se enojaría el Sol por su buena puntería?

¡Pero Punchaw se rio tanto que sus carcajadas luminosas cubrieron el paisaje de polvo de oro!

Luego de algún tiempo de haber jugado, el ídolo del Sol saltó desde su cerro hacia el otro, donde estaba Kispi Sisa.

—Tú ganas, niña, tú ganas el juego del *pukllay* —dijo, y todavía reía con su cara de niño.

—¿Dónde estamos? —lo interrogó Kispi Sisa, ya sin ninguna timidez—. Pensé que íbamos al devenir del tiempo a ver a mis descendientes.

—Aquí estamos, Kispi Sisa. Estamos en el valle de Saraguro. Aquí viven tus descendientes, y a este lugar se dirige tu pueblo. Aquí, donde la sombra no roba mis rayos y soy más luminoso.

Ese momento escucharon risas. Eran muchas mujeres que caminaban por el sendero, justo bajo el cerro. En sus manos llevaban grandes adornos circulares de flores frescas. A Kispi Sisa le pareció que sus rostros frescos competían con la belleza de las flores y el brillo de sus ojos, con la luz del mismo Sol.

—Esos adornos florales los hacen en recuerdo mío —dijo el Sol con nostalgia—. Aún no se han olvidado de mí completamente... —cambió de tono y continuó con alegría—: ¡Cómo me he divertido! Juegas muy bien, niña, y en recuerdo de este juego, el cerro desde donde me has ganado el combate se llamará Pukllay. ¡No lo olvides!

Kispi Sisa cerró los ojos y sonrió. ¡Jamás podría olvidar haber jugado con Punchaw, el ídolo del dios Sol!

175

Inka adorando a Punchaw, el ídolo del Sol

Capítulo XVIII
Atrapados en las montañas

Cuando Kispi Sisa emprendió el regreso al *tampu* de Cajamarca se dio cuenta de que en la tierra fresca se dibujaban, al mismo tiempo que ella caminaba, las huellas del Puma. Se agachó para tocarlas y en ese momento apareció el animal.

—¡Puma! ¿Dónde estabas? —preguntó, acariciándole la cabeza.

—¿Cómo que dónde estaba? —sonrió el Puma, rascándose una oreja mientras guiñaba un ojo—. ¿No te fijaste en el puma que adornaba la silla del ídolo del Sol?

Kispi Sisa recordó la figura labrada que había visto en el trono. ¡Claro, debió habérselo imaginado! El Puma había estado presente todo el tiempo, pero posiblemente no se dejaba ver para no interrumpir su encuentro con tan sagrado personaje.

Ya había amanecido y, a pesar de no haber dormido toda la noche, Kispi Sisa no se sentía cansada; más bien le parecía que los rayos del nuevo sol la saludaban con cariño y la llenaban de una energía especial.

Se quedaron cuatro días en el *tampu* de Cajamarca para poder ir a las aguas termales que había cerca de allí, y que tenían poderes curativos y mágicos. Después emprendieron nuevamente el viaje. Esa vez caminaron por zonas altas de valles pequeños y se hospedaron en el *tampu* de Huambos y luego en el *tampu* de Pucará. Siguiendo el curso del río Huancabamba, subieron hacia las lagunas donde nace el río.

Era una mañana gris, con una llovizna, como de alfileres, que atravesaba las ropas de lana de los viajeros y los hacía tiritar de frío. La gente caminaba despacio, inclinada hacia delante, luchando contra el viento que la empujaba sin querer dejarla pasar. Por alguna razón desconocida, el ambiente se sentía tenso, lleno de una inquietud que nadie podía descifrar. El *kuraka* Apu Puma y Kispi Sisa caminaban como siempre delante del grupo. Kusi Waman iba junto a sus llamas para asegurarse de que ninguna se quedara rezagada en el camino o resbalara por las laderas de las montañas.

Pasaban en medio de un cañón en las montañas cuando escucharon los primeros ruidos. Salían de la tierra como gruñidos de animales salvajes. El *kuraka* se detuvo y dio la señal de alto en el camino. Algo extraño sucedía.

Kispi Sisa miró hacia las altas montañas y vio con horror cómo temblaban, sacudiéndose, las piedras sueltas que empezaron a rodar sobre ellos.

¡Era un terremoto!

La gente corrió despavorida. Era imposible buscar refugio porque el paso entre las montañas era tan estrecho que no había lugar donde protegerse. Luego de algunos segundos volvió la calma como si nada hubiera pasado. Lo único que quedaba de recuerdo de los momentos de angustia eran las piedras que, amontonadas en medio del camino, lo bloqueaban. El terremoto había causado una avalancha de rocas de tal magnitud que era imposible avanzar por allí.

Apu Puma ordenó regresar por donde habían venido. Él sabía que ese había sido un primer aviso y que seguramente otro terremoto todavía más fuerte seguiría al primero, por eso consideraba necesario salir de allí lo más rápido posible, ante el riesgo que corrían. Pero el camino también estaba bloqueado por el lado en que habían llegado, y no podían retroceder. ¡Se encontraban atrapados por la avalancha!

—Abuelo, ¡tenemos que encontrar una salida, no podemos quedarnos aquí! —exclamó Kispi Sisa, empezando a trepar por las piedras.

—¡Espera, Kispi Sisa! —gritó el *kuraka*.

Pero la niña ya se encontraba al otro lado de las piedras amontonadas.

—¡Kispi Sisaaa! ¡Yo también voy contigo! —gritó Kusi, quien se encontraba junto a Apu Puma.

En ese instante, otro temblor sacudió la tierra, añadiendo aún más piedras al enorme montón.

Kusi corrió a buscar otro lugar por donde seguirla. Pero él no era la única persona que seguiría a la niña... y no exactamente para protegerla.

Kispi Sisa siguió por un *chakiñan*, un pequeño camino que iba hacia el tope de la montaña. El *chakiñan* estaba resbaloso por el lodo y la llovizna y Kispi Sisa tenía que apoyarse muchas veces en su vara de oro para poder continuar. Debía encontrar una salida o todos morirían atrapados bajo las piedras.

Un relámpago se descargó sobre la tierra junto a un trueno fortísimo que le hizo perder el equilibrio, mientras sus oídos se llenaban de un sonido como de miles de mosquitos revoloteando furiosamente. Con el lodo cubriendo sus piernas y gran parte de sus ropas, Kispi Sisa se puso de pie nuevamente. Por un momento perdió la noción de dónde se encontraba hasta que un fuerte movimiento de la tierra se lo recordó. ¿Dónde estaba el Puma? ¿Por qué no venía a ayudarla?

Desde allí podía ver hacia abajo, donde se había quedado la gente. Para su asombro observó que se había abierto un sendero encima del lugar donde ellos estaban esperando. El rayo debió haber caído justo sobre las piedras, con lo que abrió una brecha lo suficientemente ancha por donde todos podrían fácilmente salir. ¡Un camino que los sacaría del peligro!

Kispi Sisa se apresuró a bajar otra vez para dar las buenas nuevas, cuando sintió la presencia de alguien más. ¡Era la *mamakuna* que viajaba con el grupo!

—Te estaba buscando. Ven, sígueme, que es algo urgente —dijo la mujer con su sonrisa dulce de siempre, señalando una cueva que antes había pasado inadvertida para la niña.

Kispi Sisa quiso negarse aduciendo que tenía prisa por llegar a donde su abuelo, pero la mujer insistía tanto que la niña decidió hacer lo que le pedía.

Penetraron en una cueva pequeña con la entrada cubierta por líquenes de un verde brillante. Era un lugar húmedo, con estalactitas que colgaban desde el techo y que parecían los dientes de un gigante. En su interior había un olor rancio de plantas podridas que obligó a Kispi Sisa a cubrirse la nariz con una mano. Como la claridad de afuera apenas alcanzaba a llegar hasta donde estaban, la niña se detuvo esperando acostumbrarse a la media luz.

Se dio cuenta de que un bulto gemía suavemente. ¡Era el Puma! Una serpiente estaba enroscada a su lado.

Kispi Sisa volteó la cabeza para exigir una explicación y se encontró con que la mujer la amenazaba con un *tumi*. El cuchillo oscilaba amenazante en la mano de la *mamakuna*, que ya no lucía su dulce sonrisa sino una mueca maligna en su hermoso rostro.

Kipukamayu, contador

Capítulo XIX
Se resuelven los misterios

—¿Qué está pasando? —preguntó Kispi Sisa furiosa al ver al Puma herido y a la *mamakuna* que le amenazaba a ella con un *tumi*.

La mujer se acercó mirándola con antipatía, blandiendo el cuchillo peligrosamente de un lado hacia el otro.

—Que esta vez estás atrapada; atrapada como una vizcacha —dijo la *mamakuna,* refiriéndose a las tímidas chinchillas de la Sierra—. Te me escapaste otras veces, pero ahora no te escaparás… Mira, te presento a mi hermano.

La serpiente se arrastró hacia Kispi Sisa y, sacudiéndose, empezó a agrandarse hasta tener la figura de un hombre. Un hombre vestido con una túnica blanca.

¡Era Urku Amaru, el maléfico sacerdote del Sol!

—Ajá, conque sorprendida de verme, ¿no? Seguro que hasta te habrás olvidado de mí. Pero yo no. Jamás olvido una ofensa y tú, niña, me ofendiste delante de todos y me hiciste quedar en ridículo... y tu abuelo se burló de mí... por lo tanto no voy a permitir que tú ni tu abuelo ni este... tonto puma —y miró con desprecio hacia el Puma— lleguen a Cusibamba. ¡Lo he pensado todo muy bien! Yo tomaré el lugar de tu abuelo; y tu gente no solo me lo permitirá sino que me lo agradecerá porque la sacaré de aquí y la llevaré a salvo. Y junto a mi dios personal, la Serpiente, seré el *kuraka*, el gran jefe Urku Amaru. ¿Por qué no? Estoy cansado de ser un simple sacerdote del Sol cuando yo merezco más. Yo, yo, yo... ¡el poderoso Serpiente de Cerro! Ja, ja, ja —el hombre gritaba y se reía como un loco, gesticulando con sus manos. Luego vio a la *mamakuna* y, cambiando el tono de voz a uno meloso, dijo—: Tú también, por supuesto, hermanita, tú también serás poderosa. ¡Una poderosa sacerdotisa del nuevo *akllawasi*!

Kispi Sisa se arrodilló en silencio junto al Puma, que la miró débilmente. Una herida profunda

surcaba su cuello. La niña sintió que sus lágrimas se escapaban, llegando hasta la comisura de sus labios, pero se las limpió de un manotazo. No era momento para llorar. El Puma estaba en peligro y ella tenía que hacer algo. Debió haberse imaginado... solo utilizando poderes mágicos, como los que poseía Urku Amaru, podían haber herido así al Puma.

—Y esta vara, que me da la impresión de que es especial... ¡será mía! —exclamó la *mamakuna*, lista para quitarle la vara de oro a la niña.

Kispi Sisa se levantó de un saltó y, sujetando la vara horizontalmente con las dos manos, se dispuso a atacar a la *mamakuna*, quien, sorprendida, se escondió detrás de su hermano.

—Niña, niña, ¡qué genio! —se burló el sacerdote del Sol, volviéndose a convertir en serpiente.

Kispi Sisa retrocedió hasta topar con su espalda las paredes húmedas de la cueva. Sintió un hilo de agua que bajaba por una hendidura entre las rocas y se dio cuenta de que caía al suelo, donde se estancaba formando un lodo hediondo.

La *mamakuna* se juntó a la serpiente y los dos se acercaron peligrosamente hacia ella. Kispi Sisa se agachó y lanzó un puñado de lodo que alcanzó el rostro de la mujer y la cegó por un momento. Con un grito de rabia la *mamakuna* levantó el cuchillo y se abalanzó sobre la niña.

En ese instante un pequeño bólido se metió a la cueva e impactó a la *mamakuna* en el vientre, y la obligó a soltar el cuchillo. Y la figura de un hombre lanzó los hilos de un *kipu* que se enredaron sobre la serpiente y la atraparon.

—¡Kusi! ¡Kusi Waman! —exclamó Kispi Sisa, asombrada de ver al niño, pero más sorprendida estaba al ver al *kipukamayu*, el hombre con aspecto de sapo, quien rápidamente amarró las manos de la *mamakuna*.

—Me alegro de que estés bien y de que llegáramos a tiempo —sonrió el hombre con su boca torcida mientras se aseguraba de que la serpiente no pudiera escapar—. Dejé más cuerdas afuera de la cueva. Voy a traerlas.

—Puma, Puma, ¿cómo te sientes? ¿Estamos todavía a tiempo de salvarte? —gimió Kispi Sisa.

—Utiliza tu vara mágica —sugirió Kusi, agachándose junto al Puma, que apenas respiraba.

Kispi Sisa tocó cuidadosamente con su vara el cuello del Puma y en un instante la herida se cicatrizó y el animal se levantó completamente sano.

¡Qué gusto tuvo Kispi Sisa al verlo así! Y... si la vara había funcionado para sanar al Puma... ¿qué pasaría si la utilizaba sobre Urku Amaru y su hermana, la *mamakuna*? La respuesta la tuvo apenas lo hizo: Urku Amaru en su forma de serpiente se esfumó y dejó solo una piel de culebra llena de escamas viejas; y la *mamakuna* desapareció en el aire. Habían sido enviados al lugar donde habitaban los *supay*, las sombras tenebrosas.

Cuando el *kipukamayu* volvió con más cuerdas, se alegró mucho al saber cómo se habían librado de la *mamakuna* y Urku Amaru. En cuanto al Puma, como estaba invisible, el hombre no había caído en cuenta de su presencia.

Los tres regresaron de inmediato para contar sobre el sendero que había descubierto Kispi Sisa. Iban conversando sobre todo lo que había acontecido y así se resolvieron todos los misteriosos hechos en los cuales el *kuraka* y Kispi Sisa habían estado en peligro. Las aclaraciones estuvieron a cargo del hombre con aspecto de sapo, que era en realidad el príncipe Awki Achachi, el *apusuyuk*, es decir, administrador del Chinchaysuyu, quien, por encargo del mismo *inka*, viajaba en el grupo de incógnito, pretendiendo ser un *kipukamayu*. De esa manera podía pasar inadvertido y asegurarse de que todo estuviera en orden dentro de esa región del imperio. También tenía el deber de cuidar al *kuraka* y a su nieta, y por eso lo había rescatado en el puente, y a Kispi Sisa del humo venenoso cuando la estaban peinando. Luego había evitado que fueran mordidos por una víbora aquella noche durante el eclipse lunar, y finalmente había pisoteado a una araña ponzoñosa que la mujer enviaba envuelta en una tela a la niña. Al escuchar esto, Kusi respiró aliviado. Él había estado a punto de guardar el envoltorio dentro de su ropa aquella mañana que la *mamakuna* le encargara dárselo a Kispi Sisa.

Awki Achachi se había dado cuenta inmediatamente de las malas intenciones de la *mamakuna*, pero no había podido denunciarla ni detenerla tan temprano en el viaje, porque, de haberlo hecho, habría tenido que confesar su verdadera identidad, con lo que habría fallado en la misión encomendada por el *sapa inka*.

—Luego de lo que pasó en el puente me mantuve alerta, pero... tengo que pedirte disculpas por haber dudado de tu valor —dijo el príncipe Awki Achachi a Kispi Sisa y continuó mirándola con admiración—. ¡Tú eres muy valiente!

—¡Tan valiente como un puma! —dijo el Puma, todavía invisible, en el oído de Kispi Sisa.

Ella también se sintió mal de haber sospechado del hombre, influenciada por su aspecto, y decidió no volver a juzgar a las personas por su apariencia.

Al llegar donde su abuelo, Kispi Sisa explicó sobre el sendero que había visto abrirse desde la cima de la montaña. Sin perder más tiempo, guio a su pueblo hasta encontrarlo, y luego de pocas horas ya se hallaban fuera de la zona de peligro y otra vez en el Gran Camino, el Kapak Ñan.

—¿Sabes, Kispi Sisa?, lo que hiciste hoy fue digno de admiración —dijo el abuelo, poniendo un brazo sobre los hombros de la niña—. Por tu valor y decisión pudimos encontrar el camino de salida.

Tú nos guiaste hasta ponernos a salvo; por eso de ahora en adelante tu nombre también será Katina, La que sigue hacia Adelante, la guiadora.

¡Katina! Qué lindo nombre le pareció a Kispi Sisa. Los *inkas* tenían por costumbre cambiar su nombre en el transcurso de su vida de acuerdo con las acciones que hacían, y ser la guiadora ¡la hacía sentirse tan orgullosa!

Apusuyuk, administrador del Chinchaysuyu

Capítulo XX
Illapa, el dios Rayo

El grupo había avanzado mucho desde aquel día del terremoto y se encontraba hospedado en el importante *tampu* de Ayabaca, sobre una montaña. En los siguientes días, cada vez más cerca de la llanura de Cusibamba, esperaba cruzar el río Calhuas.

Todos se sentían más tranquilos, especialmente el *kuraka* Apu Puma, Kispi Sisa y Kusi, al saber que no tendrían que preocuparse de que alguien dentro del grupo quisiera hacerles daño. Hasta el Puma, aunque aún invisible para todos, caminaba contoneándose alegre junto a la niña.

Pero Kispi Sisa era curiosa y le intrigaba algo todavía: al recordar el tremendo rayo que cayera casi junto a ella cuando estaba buscando el camino, se preguntaba si no había sido Illapa, el dios Rayo, quien abriera con su fuerza el sendero entre las rocas, y esperaba con ansias el momento de poder averiguarlo.

Cercana al *tampu* de Ayabaca estaba la *waka* de Utaran, que era unas piedras de cristal dentro de una cueva en la montaña, donde se decía que habitaba el dios Rayo. Por ello, apenas llegaron, la niña se dirigió hacia aquel lugar junto con Kusi Waman.

—Mira ese resplandor, Kispi Sisa —dijo el muchacho apenas se acercaron al lugar.

Una luz blanca salía de la cueva y se disolvía en el aire.

Los niños trataron de entrar, pero la luz actuaba como una barrera que no los dejaba pasar.

—Espera, Kusi, tenemos que hacer *mucha*: dar nuestros respetos y alguna ofrenda a los espíritus que habitan acá —explicó Kispi Sisa, y sacándose un anillo de sus dedos lo tiró dentro de la cueva al tiempo que rechinaba la lengua contra sus dientes, haciendo el sonido que emitían los *inkas* en señal de respeto.

Kusi la imitó y los dos esperaron. Inmediatamente la luz desapareció y pudieron entrar. Había muchas rocas de cristal, grandes y pequeñas, amontonadas en una pirámide, y en el tope estaba el anillo de plata que Kispi Sisa había lanzado.

—¡Mira, tu anillo! —exclamó Kusi.

El anillo, en vez de reposar, giraba sobre sí mismo como un trompo cada vez más rápido y más rápido, hasta quedar como una línea plateada y brillante. Luego, escucharon una pequeña explosión y en su lugar apareció un hombre pequeñito, de color plateado, con seis dedos en cada extremidad. En una mano llevaba una honda y en la otra, una porra.

—Me imagino que me reconocieron y que las presentaciones sobran —dijo con arrogancia el extraño personaje.

Kispi Sisa lo miró extrañada. ¿Sería posible que aquel enanito fuera Illapa, el dios Rayo? Y para comprobarlo, el dios puso una roca en su honda, la disparó hacia arriba y golpeó la piedra con su porra. Un trueno tremendo retumbó en la cueva. Los niños se taparon los oídos con las manos.

Kispi Sisa disimuló una sonrisa. ¡Qué bulla podía meter alguien tan pequeño!

—Mmm, yo te conozco, niña, y sé todo sobre tu pueblo, tu viaje... todo... todo. A ver, ¿a qué han venido?

—¿En realidad eres Illapa, el dios Rayo? —se adelantó a preguntar Kusi, antes de que la niña preguntara.

Él siempre se había imaginado al dios Rayo como un gigantón que andaba por el cielo golpeando a las nubes con su honda y su porra, y en ese momento no salía de su asombro al ver su tamaño diminuto.

—Ah, me había olvidado de ti, niño, en fin... —y sus ojos echaron pequeños rayos—, te voy a contestar de una vez por todas...

—¡No es necesario, por favor, te creo, te creo! —aseguró Kusi, alzando sus manos para protegerse.

—¿Nos ayudaste a abrir la brecha en el camino? —se apresuró a preguntar Kispi Sisa para distraer al dios.

—Sí. Lo hice porque sé que tu pueblo va a erigir un templo en mi honor, cosa que no me sorprende. —El dios Rayo hizo una pausa y se aclaró la garganta antes de continuar—: Justo en el paso más importante del camino, en el nuevo lugar donde van a vivir.

—¿Podemos conocerlo? —pidió la niña, encantada de tener la oportunidad de ir una vez más al devenir del tiempo.

—Vamos, vamos... —insistió Kusi.

El Rayo se miró atentamente las seis uñas de su mano, aparentando no escuchar.

—¡Por favor, poderoso Illapa! —exclamó Kispi Sisa.

—¡Sí, por favor! —repitió Kusi.

Y con la velocidad de un rayo, los niños se encontraron en medio de una plaza de donde salían cuatro caminos. A un lado estaba el templo de Illapa. Estaba construido con paredes de albañilería fina, con piedras trabajadas para que encajaran perfectamente unas contra otras. Algunas terrazas de cultivo bajaban hacia la parte posterior. Desde aquel lugar se veían claramente las dos montañas donde Kispi Sisa jugara al *pukllay* con el dios Sol.

—Estos caminos conducen a cuatro puntos importantes —explicó el dios Rayo—: el uno continúa a la famosa *llakta* de Tomebamba, en Jatun Cañar, y luego hacia el célebre Quito. El otro camino va a Tambococha, que será conocido como Tambo Blanco y tu pueblo lo administrará; el otro hacia el *akllawasi*, la casa de las *akllas*; el otro camino a Saraguro, la *llakta* donde...

Pero no pudo continuar porque fue interrumpido por voces que se acercaban.

—¡Son los *kurikinkis*! —exclamaron los niños.

Hombres y mujeres venían bailando cadenciosamente y en sus manos enrollaban y desenrollaban una culebra grande de lana.

—Están bailando la danza de Amaru, la Serpiente del Cielo, que cuando lo recorre causa calamidades. Yo, Illapa, el grande —y el Rayo se alzó en puntillas para parecer más alto—, la persigo y a veces logro hacerla caer a la Tierra —dijo refiriéndose a los cometas—. Vengan, tengo mucho que enseñarles.

Illapa, el dios Rayo, llevó a Kispi Sisa y a Kusi a ver todas las edificaciones que su pueblo iba a construir en el devenir del tiempo, no tan lejano de esa fecha en la que se encontraban. Vieron las enormes *kallankas* y las dos grandes *kanchas* de Tambococha, y sus doce *kullkas*, los depósitos donde guardaban alimentos, víveres y armas. Fueron al *akllawasi*, la casa de las escogidas, que quedaba junto al río, debajo de los Baños del Inka. Y en el cruce de la montaña, una *chaskiwasi*, la casa de los corredores de postas.

Todo sucedió con gran velocidad, cosa nada sorprendente tratándose de Illapa, y así fue como los niños se encontraron de vuelta en la cueva, en lo que dura el zigzaguear de un rayo.

El Puma los estaba esperando con una expresión extraña en su rostro peludo. Apenas los tuvo delante dijo:

—Deben volver inmediatamente. El *kuraka* está buscándote, Kusi; quiere hablar contigo sobre algo muy serio.

Kusi sintió que el corazón se le detenía. Dado que se hallaban tan cerca del final del viaje, seguro que al *kuraka* le molestaba su amistad con Kispi Sisa por no encontrarlo digno de ella... y querría enviarlo de regreso.

Inka hablando con las *wakas*

Capítulo XXI
Cusibamba, la Llanura
de la Alegría

Cuando los niños regresaron al *tampu* de Ayabaca, el *kuraka* ya los estaba esperando. El abuelo se había engalanado como para asistir a una ceremonia importante. Llevaba su tocado de plumas y una capa de *kumpi*, de lana fina en color marrón con adornos blancos, negros y rojos en los filos. A su lado se encontraba un *chaski* y el príncipe Awki Achachi, quien anteriormente había pretendido ser un *kipukamayu*, vestido con igual pompa.

Kusi sentía un nudo en la garganta.

Kispi Sisa también estaba preocupada. No quería que Kusi se encontrara en problemas. Era su amigo y compañero de aventuras, y estaba dispuesta a salir en su defensa de ser necesario, así que se puso a su lado, atenta a lo que sucedía.

Apu Puma lucía una expresión muy seria en su rostro. A una indicación del *kuraka*, el *chaski* echó su cabeza hacia atrás y, en voz monótona, entonó su mensaje:

—Por orden del *sapa inka*, Tupak Yupanki, Hijo del Sol, Rey de Reyes, soberano del Tawantinsuyu, Kusi Waman será desde ahora en adelante considerado un *awkikuna*, un noble del imperio de los cuatro suyos.

Kusi no podía creer lo que escuchaba, y menos cuando el *kuraka* Apu Puma le entregó las suntuosas ropas que el *inka* le enviaba de regalo por la magna ocasión. El príncipe Awki Achachi sonrió viendo la confusión del muchacho; él había enviado un emisario a que avisara al *inka* sobre el acto de valor que Kusi había realizado al salvar a Kispi Sisa de la *mamakuna* y de su hermano, Urku Amaru.

Kispi Sisa dio un salto de alegría y, tomando de las manos a Kusi, se puso a dar vueltas con él.

—¿Qué es ese ruido? —se preocupó el príncipe Awki Achachi al escuchar unos gruñidos y rugidos que parecían venir de algún lado cercano.

Los niños se detuvieron en su danza y se rieron: ellos sabían que era el Puma, que se mantenía invisible y expresaba su felicidad por el premio de Kusi.

Al día siguiente partieron del *tampu*. El viaje se les hizo liviano a los niños, que caminaban felices. Kusi no dejó de atender a sus llamas y guardó con mucho cuidado su hermosa ropa, junto a la capa y los discos de plata que Pachakutik le obsequiara en la Cueva de los Antepasados, esperando lucirlas en alguna ocasión especial. En lo que les pareció muy poco tiempo, se encontraron cruzando el puente natural de Alpachaca, en el páramo de Sanar. Solo tenían que hospedarse en dos *tampus* más: Acariamanca[8] y Consanama[9], para ya encontrarse en la llanura de Cusibamba y terminar su viaje.

Caminaban recelosos por un lugar húmedo, con una llovizna suave que lavaba los rayos del sol. El camino viraba varias veces para evitar el terreno inundado lleno de *pukyus*, las fuentes de agua

---

[8] Cariamanga, hoy.
[9] Gonzanamá, actualmente.

de donde salía el *kuychi*, el arcoíris. En una vuelta apareció un *kuychi* en la distancia y enseguida otro más, aún más cerca, y, mirando hacia atrás, vieron otro por donde apenas habían pasado. Esto causó revuelo entre toda la gente. Las mujeres se escondieron lo mejor que pudieron, gritando asustadas. Todos sabían que el *kuychi* era una serpiente con dos cabezas de gato montés, y que era muy peligroso especialmente para las mujeres, a las que podía embarazar con criaturas extrañas.

Esa noche, cuando se hospedaron en el *tampu* de Consanama, se sentían muy preocupados porque estaban seguros de que el *kuychi* habitaba en ese lugar puesto que había tantos *pukyus*. Definitivamente el peligro de encontrarse con el arcoíris en cualquier momento era muy grande. El *kuraka* Apu Puma se sentó a meditar sobre el asunto. Lo único que repelía al arcoíris era el color negro, entonces... ¡la gente debía vestirse de negro! Inmediatamente dio la orden a todo el pueblo: cambiar sus ropas de distintos colores por unas negras para protegerse de los efectos del arcoíris.

Kispi Sisa recordó haber visto a los *kurikinkis* vestidos de negro en sus viajes al devenir del

tiempo y comprendió la razón: sus descendientes se vestirían de negro para protegerse del *kuychi*, y a través del tiempo mantendrían la tradición en recuerdo de su llegada al valle.

Estaba todavía muy oscuro cuando partieron al día siguiente. Ya todos vestían de negro, y las únicas notas de color eran los hermosos collares de *mullus* que las mujeres lucían. Kispi Sisa se sentía dichosa de acercarse al lugar que solo había visto en sueños. El abuelo también estaba alegre porque ya casi podía ver otra vez. Apenas una neblina tenue cubría sus ojos, y esa mañana por primera vez pudo vislumbrar de nuevo el rostro de su nieta.

Se encontraban al borde de un acantilado cuando divisaron la llanura por primera vez. ¡Era el lugar más hermoso que jamás habían visto! Era Cusibamba, la Llanura de la Alegría. El paisaje tenía un verdor desconocido para los viajeros, un verde que se metía por los ojos y salía convertido en risa. ¡Nunca habían visto tantas especies de árboles diferentes! En las copas de los más altos se enredaban las bromelias rojas, y las flores amarillas del *tarapu* asomaban por todo lado. Las flores blancas de la chilca y las colgantes del *wantuk* parecían *anakus* secándose al viento. Los halcones de pecho rojo volaron curiosos sobre los viajeros y los nuevos rayos del Inti les dieron la bienvenida, cayendo directamente sobre sus cabezas. Kispi Sisa sintió tanta emoción que su corazón daba saltos en su pecho. Se sentó en el suelo y, con su mano, acarició la tierra negra. Cerró los ojos y en ese instante el suelo se abrió. Kispi Sisa se encontró rodando por un túnel subterráneo y cayó dentro de una cueva que olía a maíz fresco. Se levantó y caminó hacia donde salía un sonido rítmico que le producía mucha tranquilidad.

—Estás en mis entrañas y lo que oyes es mi corazón —dijo una voz de mujer.

Ese momento la niña supo de quién se trataba. ¡Era Pachamama, la Madre Tierra!

La encontró sentada sobre un sencillo trono de arcilla. Era un mujer sin edad alguna, podía ser por igual joven e impetuosa o vieja y sabia. Su cabello, formado por raíces, se extendía por todo el piso. Una corona de maíces negros, amarillos, blancos y rojos decoraba su cabeza.

—Ya casi llegas a tu destino, Kispi Sisa —alegremente dijo Pachamama, poniendo sus manos anchas sobre su vientre grande. Y ordenó—: ¡Acércate!

Kispi Sisa se acercó sin temor donde la Madre Tierra.

—Toma —dijo Pachamama, dándole una pequeña planta de maíz—. Llévala contigo. En esta planta está la *saramama*, el espíritu protector del maíz, para que tengan cosechas con tantos granos como estrellas hay en el cielo.

Kispi Sisa tomó la pequeña planta y la envolvió cuidadosamente en su *lliklla* negra de lana.

—Hay algo más que quiero contarte —dijo la Madre Tierra—: el espíritu del maíz tiene hijas e hijos que se introducen en los granos, cuando son plantados, para fecundarlos y que puedan dar fruto. Así ayudan a cumplir con el ciclo de la vida, porque el maíz simboliza vida. Tu pueblo debe rendir homenaje a este espíritu, para lo cual, en las fiestas del Kapak Raymi, cuatro niñas y cuatro niños simbolizarán a las *warmisarawis* y los *karisarawis*, los hijos de la *saramama*.

Al escuchar esto, Kispi Sisa recordó la fiesta de los *kurikinkis* que había presenciado en el devenir del tiempo, y quiso decirle a Pachamama que sus descendientes sí lo harían; que así homenajeaban a la *saramama* en la celebración del Kapak Raymi, pero apenas empezó a decirlo se encontró nuevamente afuera, sentada sobre el suelo.

Adivinó más que sintió la presencia del Puma a su lado.

—Ya sé qué tienes en tu rebozo —dijo el Puma, meneando su cola.

—Ay, Puma, nunca puedo sorprenderte, ¿verdad? —lo retó la niña bromeando—. Pero ahora que ya estamos casi al final del viaje, creo que tengo que contarle a mi abuelo sobre ti; ven, por favor, y deja que él te vea.

El Puma iba a decir algo pero Kispi Sisa se adelantó llamando a su abuelo. El *kuraka* Apu Puma se detuvo al escuchar a su nieta.

—Abuelo, abuelo, te quiero presentar a alguien que ha viajado con nosotros todo el camino y me ha protegido y que...

El Puma se acercó donde el *kuraka*, restregándose contra él.

—Lo conozco, Kispi Sisa, lo conozco —se rio el abuelo, acariciando el lomo del Puma—. ¿No sabes que es mi dios personal? Mira, yo también tengo su marca.

Y, alzándose la túnica, enseñó a Kispi Sisa las manchitas de su brazo, iguales a las que habían aparecido en el brazo de la niña hacía varios meses.

El *kuraka* miró atentamente las manchas. Allí estaban, iguales a la huella de un puma. Pero... estaba viendo otra vez... tan claramente como antes. ¡Había recuperado su vista!

—¿Cómo es posible? Ahora ya puedo ver. ¡El Inti me ha perdonado!

—El dios Sol nunca te castigó —dijo el Puma—, solo te hizo ciego para que Kispi Sisa tuviera que guiarte y pudiera venir contigo. Yo sabía que, al final del viaje, tú ibas a recuperar la vista.

—Pero... si tú lo sabías, Puma, ¿por qué no me lo contaste? —interrogó molesta la niña.

—Porque yo no puedo revelar los designios de los dioses —el Puma se disculpó—. Pero ahora que ya no está ciego tu abuelo, me puedo dejar ver por los demás.

Y el Puma caminó orgulloso entre la gente la última parte del camino.

Bebé gateando.

Capítulo XXII
Fin de un viaje

214   Y el *ayllu* de Apu Puma llegó al fin a Tambococha, el lugar a donde habían sido enviados por Tupak Yupanki, para administrar y consolidar el imperio incaico. El viaje había durado los dos ciclos de Mama Killa, como el *kuraka* había previsto.

Al día siguiente, Apu Puma enterró el ala izquierda de un halcón en una cueva del cerro Acacana, en señal de la nueva alianza con el *inka*, y sacrificó una llama blanca porque era la *waka* principal de la región, y el *kuraka* debía rendir sus respetos a los espíritus que la habitaban. Acacana significa 'fuerza viva' en el idioma de los cañaris, que junto con los paltas eran los pobladores oriundos del lugar. Luego todos juntos fueron al cerro del frente, el que ya Kispi Sisa llamaba Pukllay, como el Inti le ordenara. La niña había contado al *kuraka* su encuentro con Punchaw, el ídolo del Sol niño, y el juego con las bolas de oro y plata. El *kuraka* lo interpretó como un mandato del Inti para que ese cerro fuera su nueva *waka*, y hacia allá se dirigieron.

Las mujeres caminaban delante, junto al *kuraka*, tocando los *tinyas*, sus pequeños tambores. Los hombres seguían detrás danzando, vestidos de pumas, cóndores y venados.

En el bosque los árboles de *chachakumas* alzaron sus ramas para darles paso, y los arbustos de achirilla agitaron sus hojas en forma de corazón, saludándolos.

El grupo se detuvo en una laguna junto al cerro.

El *kuraka* llevaba en sus manos el recipiente lleno del agua sagrada de la fuente del Kurikancha, el templo del Sol en el Cusco, que habían traído en su viaje. Apu Puma la contempló durante largo rato y, ceremoniosamente, dejó caer el agua en la laguna. Una melancolía dulce se había apoderado de ellos, al recordar el lugar de donde habían partido y al cual nunca más volverían.

Entonces, escucharon un silbido vivaracho. Era un *kurikinki* que saltaba sobre sus patas batiendo sus alas. A Kispi Sisa le pareció que el pájaro bailaba para ellos y rio contenta. Su risa cambió la vieja tristeza en una nueva alegría. Las mujeres volvieron a tocar los tambores y los hombres, a danzar.

¡Los *Inti runañan,* los caminantes del Sol, habían llegado a su nuevo hogar!

Esa tarde, Kispi Sisa y el Puma se encontraban sentados en lo alto de una loma. Desde allí podían ver los dos cerros, el Acacana y el Pukllay. En el cielo se veía un pedazo de luna justo sobre el Pukllay, mientras que el sol brillaba de una manera singular sobre el Acacana.

—¿Recuerdas tu sueño, Kispi Sisa? —preguntó el Puma, mirándola con sus grandes ojos dorados.

La niña asintió con la cabeza. ¡Cuántas aventuras habían sucedido desde aquel sueño que tuviera cuando era una *aklla*, en el *akllawasi*, la casa de las escogidas!

—¿Sabes, Puma?, me gustaría ir una vez más al devenir del tiempo. ¿Crees que es posible?

—Solo lo sabrás si golpeas el suelo con tu vara.

—A ver...

Kispi Sisa tocó el suelo y cerró los ojos, pero, al abrirlos se encontró en el mismo lugar.

—Ah, qué pena. No sucedió nada —dijo la niña, desilusionada, sentándose nuevamente junto al Puma.

Una música alegre llegó hasta sus oídos.

—Pero ¿qué es eso?

El Puma se revolcó juguetón sobre la hierba.

—¿Ves, Kispi Sisa?, resultó y estás en el devenir del tiempo otra vez... y justamente esa música se llama *La kurikinka*.

El baile lo hacían cuatro parejas con los *muchikus*, los hermosos sombreros, asentados en el piso, y con la boca sostenían una faja que representaba la *kuyka*, la lombriz de tierra. Los movimientos imitaban los que hace esa ave cuando busca su comida.

Busca la wa, kurikinka,
saca la kuyka, kurikinka,
come la kuyka, kurikinka,
kurikinka de mi vida,
kurikinka de mi amor[10].

---

[10] Canción típica de la etnia saraguro.

—Mira, mira allá, Puma. Mira esa niña. Soy yo. ¡Allí estoy bailando! Y... ¡llevo un *muchiku* en la cabeza!

Kispi Sisa señaló feliz a una niña en medio del grupo.

El Puma siguió la mirada de la niña y la regresó a ver con picardía.

—No, pequeña, no eres tú, aunque se te parece de una manera increíble. Pero ella es tu tátara, tátara, tátara, tátara, tataranieta, que por cierto también se llama Kispi Sisa. —El Puma tomó aire para continuar—. Es igual que tú, como todas tus descendientes, que son inteligentes, valientes, decididas y... muy curiosas.

—Caray, gracias, Puma.

—Vamos, debemos volver al pasado ahora —dijo el Puma.

Cuando volvieron, la única diferencia era que la música y los bailarines no se encontraban allí. Por lo demás el paisaje era el mismo, solamente que el Sol ya se iba a dormir en su aposento de oro.

—Ahora que el viaje ha terminado, yo debería marcharme —dijo el Puma, poniendo una de sus patas sobre la mano de Kispi Sisa.

—¡No, Puma, no te vayas! ¡Quédate con nosotros! —gritó impulsivamente la niña, abrazándose del Puma.

—¡No me interrumpas, niña! Decía que debería marcharme, pero he decidido quedarme porque no me gustan las despedidas. Así que me quedaré para siempre contigo y con tu pueblo.

—¿Para siempre? —preguntó la niña, estrechando la pata del Puma en su mano.

—¡Para siempre! —afirmó el Puma—. Y ahora, cierra los ojos…

Kispi Sisa cerró los ojos y, cuando los abrió, vio un cerro en forma de felino que se alzaba en el valle. Parecía un puma dormido con la cabeza apoyada sobre sus patas delanteras y la larga cola extendida.

La niña sonrió feliz y bajó a contárselo a su abuelo y a Kusi.

El *kuraka* Apu Puma vivió muchas, muchas lunas, y siempre fue un buen líder para su pueblo. El príncipe Awki Achachi continuó siendo el *apusu-yuk*, el administrador del Chinchaysuyu, durante largo tiempo, y regresaba a Tambococha cada vez que podía, para conversar con el *kuraka,* con quien había entablado una buena amistad. Kispi Sisa y Kusi tuvieron más aventuras con la vara mágica, regalo de Mama Waku, pero la magia dejó de funcionar cuando crecieron y se volvieron adultos, así que se casaron y tuvieron muchos hijos para poderles regalar la vara mágica. Ellos a su vez la pasaron a sus hijos y a los hijos de sus hijos, y ahora se encuentra en algún lugar en Saraguro donde hay niñas y niños curiosos a quienes les gusta la aventura.

En cuanto al Puma, se quedó para siempre junto a ellos, cuidándolos, y cuentan que en las noches de viento se lo escucha rugir.

Te cuento algo más...

En este libro de etnohistoria, que quiere decir 'historia de una etnia', o sea, de un grupo de personas
de una misma raíz y cultura, la fantasía está basada
en la realidad. Muchos de los personajes existieron y
otros nacieron de mi imaginación. El Kapak Ñan se
extendió desde Chile hasta Colombia y fue una de
las redes viales más imponentes de la Antigüedad.
Existieron los *tampus* y *wakas* que menciono con los
mismos nombres. En cuanto a mis viajeros, el *apu-suyuk* Achachi fue en realidad el administrador del
Chinchaysuyu, nombrado por el *inka* Tupak Yupanki.
A los demás personajes, me los presentó el Puma.

Los saraguros, amables y hospitalarios, habitan en el sur de Ecuador, en el valle del mismo
nombre. La razón por la cual se visten de negro es
mi teoría, basada en profundas investigaciones.

En este valle se yerguen mágicos y hermosos los dos cerros, el Acacana y el Puclla. La leyenda dice que se lanzan bolas de oro y de plata en un juego de combate ritual. Las ruinas llamadas con el nombre común de Ingapirca, 'pared del *inka*', se encuentran a poca distancia de la ciudad de Saraguro. Aunque en su mayoría están cubiertas por maleza, aún se pueden apreciar los muros de piedra pulida y trabajada en la albañilería fina característica de los edificios importantes. Las ruinas de Tambococha o Tambo Blanco, con sus dos *kanchas*, su larga *kallanka* y doce *kullkas*, apenas se pueden ver, y queda solo el recuerdo de su importante pasado. El Baño del Inka, que abastecía de agua a los pobladores de aquel tiempo, todavía existe.

¿Y el Puma? Sí, el Puma se encuentra allí. Se lo conoce como León Dormido y es un cerro en forma de felino, que queda junto a la ciudad de Saraguro. Se lo ve claramente desde la cima del camino que viene del norte, antes de llegar a la ciudad. La última vez que lo vi fue al amanecer, y estaba rodeado de una luz violeta. Cuando le conté que iba a escribir un libro sobre el pueblo al que tanto ama, el Puma lanzó un rugido de contento que me hizo recordar lo que le dijo a Kispi Sisa la primera vez que viajaron al futuro:

«Chawpi tutapi puncha-
yanka,
ñawpa inka pachakuna».

«Los tiempos del *inka*
volverán
y el Sol brillará a
medianoche».

Edna Iturralde

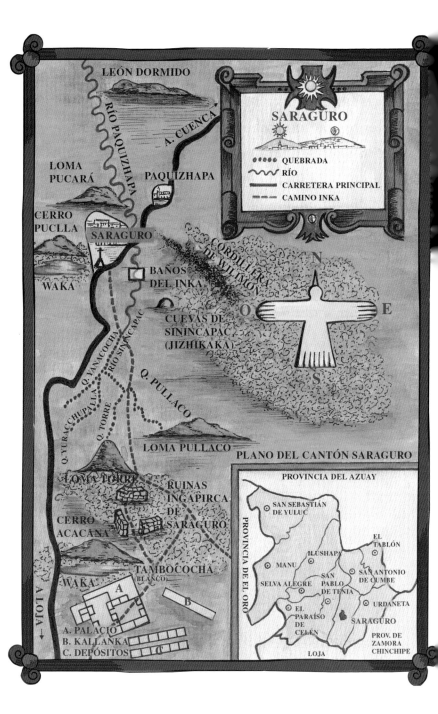

Glosario

Durante siglos, las palabras *kichwas* han sido es- critas de diversas maneras debido a que, al comienzo, el *kichwa* fue una lengua exclusivamente oral. Luego de serias investigaciones y encuentros entre indígenas de Ecuador, Perú y Bolivia, el 18 de noviembre de 1985 se oficializó en Perú el alfabeto pananadino de la lengua *kichwa* unificada. En él se establece que las vocales «e» y «o», por más que se pronuncien así en algunas regiones, se escribirán siempre «i» y «u», respectivamente. También se determina la desaparición de las letras «c» (de *cuy*, por ejemplo) y «q» (como en *quipu*), que pasan a ser siempre «k».

En este glosario constan los términos *kichwas* del relato que han sido escritos con la grafía panandina. En el caso de los topónimos, es decir, los nombres de lugares, se ha respetado la grafía con la que estos aparecen en los mapas.

aja: personaje de la fiesta de la Navidad saraguro.

aklla: aclla, chica escogida para ser tejedora en el *akllawasi*.

akllawasi: casa de las escogidas.

Amaru: constelación de Escorpio.

amawta: intelectual.

anaku: túnica con mangas cortas que llegaba hasta los tobillos, actualmente falda indígena.

anan ayllus: familias que vivían sobre la orilla del río Huatanay en el Cusco e iban a la derecha en los actos importantes.

apachita: montículo de piedras en un lugar sagrado a lo largo de los caminos más altos de la serranía.

apusuyuk: administrador del Chinchaysuyu.

Awkaypata: plaza mayor del Cusco.

awki: príncipe.

awkikuna: señores nobles.

ayllu: familia, grupo familiar.

chachakuma: árbol andino.

chaka suyuyuk: administrador de puentes.

Chakana: constelación de la Cruz del Sur.

chakiñan: camino pequeño o angosto.

chakitaklla: vara de madera con punta de bronce o piedra utilizada para arar.

chaman: brujo.

charki: carne seca de llama.

chaski: corredor de postas.

chaskiwasi: casa o albergue de los *chaskikuna*.

Chinchaysuyu: región del norte del Tawantinsuyu.

chiryallpa: tierra fría.

Illapa: dios Rayo.

Inti: dios Sol.

Intipachuri: Hijo del Sol.

intiwata: piedra en punta que servía para ver el paso del Sol.

jampikamayu: curandero.

jatun: gran, importante.

Jatunkuski: mes de mayo.

jatunruna: campesino.

kallanka: edificio largo y angosto con puertas a los lados.

kancha: recinto rectangular dividido en pequeñas habitaciones.

Kapak Ñan: camino grande o Camino Real.

Kapak Raymi: fiesta del poderoso o del rey.

kapakjucha: sacrificio humano, generalmente de una mujer joven o niños.

karisarawi: espíritu masculino de la planta de maíz, hijo de la *saramama*.

killka: grabados o dibujos sobre piedra o cuero.

kipu: quipu, cordón de lana de distintos colores donde se guardaba la información haciendo nudos de diferentes tamaños y en diferentes posiciones.

kipukamayu: contador, recopilador de datos.

kishwar: árbol andino.

kispi: cristal de roca.

kucha: laguna o mar.

kullanas: las primeras o las más antiguas familias del Cusco, antes de los *inkas*.

kulli sara: variedad de maíz de color negro.

kullka: depósito para almacenar víveres, ropa y armas.

kuma sara: variedad de maíz de color amarillo y colorado.

kumpi: tela fina de alpaca o vicuña.

kuntur: cóndor.

kuraka: jefe.

Kurikancha: recinto de oro, templo del Sol.

kurikinki: ave de la serranía de plumaje negro y blanco.

kushma: túnica parecida a una camisa sin mangas hasta las rodillas.

kusi: alegre, dichoso.

Kusipata: plaza del Cusco.

kuy: conejillo de indias.

kuya: coya, reina y hermana del *inka*.

kuychi: arcoíris.

kuyka: lombriz de tierra.

llakta: ciudad, lugar.

llakulla: capa.

llawtu: cordón que llevaba el *inka* amarrado a la cabeza.

lliklla: manto o rebozo.

Mama Killa: Luna.

Mama Kucha: el mar.

mamakuna: mamacona, sacerdotisa.

markanmama: personaje principal en la procesión de Navidad en las fiestas de Saraguro.

markantayta: personaje principal en la procesión de Navidad en las fiestas de Saraguro.

mayskaypacha: borla roja, símbolo real del *sapa inka*.

mita: trabajo rotativo.

mitayu: quien estaba cumpliendo una mita.

mitma: sistema político con el que se trasladaba a algunas poblaciones de un lugar a otro del Tawantinsuyu.

mucha: ritual de rechistar la lengua y los labios en señal de respeto, cariño, amor.

muchiku: sombrero blanco con manchas negras bajo el ala, utilizado por la etnia saraguro. Es confeccionado con lana apisonada y blanqueado con maíz. Las manchas se pintan con la resina de los cascos de los animales.

mullu: *spondylus,* concha de mar utilizada para el comercio y joyas.

napa: llama sagrada vestida con telas rojas y adornada con cintas de colores.

ñañaka: tela doblada sobre la cabeza.

Pachakamak: dios que daba ánimo o movimiento a la Tierra mediante temblores.

Pachakutik: décimo *inka,* creador del imperio de los *inkas* y primer emperador del Tawantinsuyu.

pachamanka: especie de horno cavado en la tierra para cocinar con piedras candentes.

Pakaritampu: lugar de donde los *inkas* pensaban que salieron sus antepasados.

panaka: clan, grupo compuesto por familias reales.

parakay sara: variedad de maíz de color blanco.

pariwana: flamenco rosado.

paru sara: variedad de maíz de color amarillo.

pinchis: deliciosa mezcla de ricas comidas.

pukara: fortaleza.

pukllay: juego de combate ritual donde se lanzaban frutas secas. De este juego podría derivarse el juego de carnaval en Ecuador.

pukyu: ojo de agua o fuente de agua.

pumamaki: árbol nativo, 'mano de puma'.

Punchaw: ídolo de oro del dios Sol con la apariencia de un niño de unos diez años, que significa 'sol naciente'.

pututu: pututo, trompeta de caracola.

runa: gente, humanidad en su más alto sentido espiritual.

sapa inka: Rey de Reyes, el máximo soberano.

saramama: espíritu madre del maíz.

sisa: flor.

sisapasana: ritual saraguro del paso de los adornos florales.

supalata: ritual saraguro en torno a la cosecha.

supay: sombra tenebrosa.

tampu: tambo, lugar de descanso y aprovisionamiento.

tarapu: enredadera andina.

Tawantinsuyu: el imperio de los cuatro suyos.

tinya: tambor pequeño tocado por mujeres.

tukapu: dibujo geométrico en las telas de los nobles.

tumi: cuchillo andino de hoja semicircular.

tumipampa: firmamento, cielo.

Tupak Yupanki: el Resplandeciente, décimo primer *inka* y segundo emperador del Tawantinsuyu.

tupu[1]: topo, medida agrícola o de distancias.

tupu[2]: broche en forma de alfiler grueso con cabeza redonda y plana.

tyana: banquito pequeño de oro.

uchumati: comida ofrecida en agradecimiento al trabajo compartido en la etnia saraguro.

urin ayllus: familias que vivían debajo de la orilla del río Huatanay en el Cusco e iban a la izquierda en los actos importantes.

Urkurara: constelación de Orión.

urpaywacha: hija del dios Pachakamak.

ushku: gallinazo.

ushnu: trono del *inka* o lugar de sacrificios.

waka: huaca, lugar sagrado.

wallka: collar de *mullus*.

waman: halcón.

wanka: piedra con poderes mágicos.

wankar: tambor grande tocado por hombres.

wantuk: arbusto andino de flores medicinales.

wara: pantaloncillo o calzoncillo interior.

warachikuy: ceremonia por medio de la cual los niños varones ingresaban a la adultez.

waraka: honda.

warmisarawi: espíritu femenino de la planta de maíz, hijo de la *saramama*.

Wayna Kapak: décimo segundo *inka* y tercer emperador del Tawantinsuyu.

wiki: personaje de la fiesta de la Navidad de los saraguros.

Wirakucha: dios ordenador de las cosas.

yacha: sabio, maestro.

yanakuna: sirvientes.

Yapankis: mes de agosto.

yawri: cetro del *inka*.

Bibliografía

ALBORNOZ, Cristóbal de, *Instrucción para descu-* 235
brir todas las guacas del Pirú y sus camayos y ha-
ziendas, París, Extrait du Journal de la Societe
des Americanisles, Tome LVI–1, 1967.

ALMEIDA DURÁN, Napoleón (editor), *La cultura*
popular en el Ecuador, Loja, Centro Interameri-
cano de Artesanías Populares, 1999.

AYALA MORA, Enrique (editor), *Nueva historia*
del Ecuador, Vol. 2, Quito, Grijalbo, 1990.

BACA DE CASTRO, Cristóbal, *Ordenanzas de*
tambos, Cusco, 1543.

BELOTE, James Dalby, *Los saraguros del sur del*
Ecuador, Quito, ABYA–YALA, 1998.

BELOTE, Lina S. y Belote, Jim (compiladores), *Los*
saraguros, fiesta y ritualidad, Quito, Universidad
Politécnica Salesiana y ABYA–YALA, 1994.

CIEZA DE LEÓN, Pedro de, *Crónica del Perú*, Lima, Pontificia Universidad Católica del Perú, 1996.

CIEZA DE LEÓN, Pedro de, *El señorío de los incas*, Madrid, DASTIN, S. L., 2000.

COBO, Bernabé, *History of the Inca Empire*, Austin, University of Texas Press, 1979.

236 ESPINOSA SORIANO, Waldemar, *Los incas*, Lima, Amaru Editores, 1997.

FRESCO, Antonio, *La red vial incaica en la Sierra sur del Ecuador: Algunos datos para su estudio en cultura*, Revista del Banco Central del Ecuador, Vol. V, número 15, 1983.

GASPARINI, Graciano y Margolies, Luise, *Arquitectura inka*, Caracas, Universidad de Venezuela, 1977.

GUAMÁN POMA DE AYALA, Felipe, *Nueva crónica y buen gobierno*, México, Siglo Veintiuno Editores, 1980.

HYSLOP, John, *The Inka Road System*, Nueva York, Institute of Andean Research, 1984.

HYSLOP, John, *Qhapaqñan, el sistema vial incaico*, Lima, Instituto Andino de Estudios Arqueológicos, 1992.

LEWIS, Brenda Ralph, *Growing Up In Inca Times*, London, Batsford Academic and Educational Limited, 1981.

MOLINA, Cristóbal de, *Ritos y fábulas de los incas*, Buenos Aires, Editorial Futuro S. R. L., 1959.

OSSIO, Juan M., *Los indios del Perú*, Lima, Editorial MAPFRE, 1992.

ROMERO, Ximena, *Los saraguros*, investigación histórica de la etnia.

ROSTWOROWSKI DE DIEZ CANSECO, María, *Historia del Tahuantinsuyu*, Lima, IEP Ediciones, 1995.

SARMIENTO DE GAMBOA, Pedro, *Historia de los incas*, Buenos Aires, Emecé Editores S. A., 1943.

STEWARD, Julian H. (editor), *Handbook of South American Indians*, Vol. 2, The Andean Civilizations, Washington, D. C., United States Government Printing Office, Smithsonian Institution, Bulletin 143, 1946.

VEGA, Inca Garcilaso de la, *Comentarios reales de los Incas*, Tomo I y II, Lima, Editorial Universo S. A.

VINUEZA, José Almeida (coordinador), *Identidades indias en el Ecuador contemporáneo*, Quito, ABYA–YALA, 1995.

ZUIDEMA, R. Tom, *Reyes y guerreros*, Lima, FOMCIENCIAS, 1989.

Edna Iturralde

Autora

Nació en Quito en 1948. Su vida es escribir. El día
que no lo hace siente que el tiempo le ha jugado una
mala pasada. Escribe desde que estaba en quinto
grado, comenzó con cuentos bajo pedido para sus
compañeros. Ha publicado más de cuarenta libros
de diferentes temas, pero se inclina hacia lo his-
tórico y lo multicultural. Su literatura juega con la
aventura, el misterio y la magia.

En Santillana Ecuador ha publicado las siguientes obras de literatura infantil:

- *Verde fue mi selva* (uno de los 10 libros del
  canon de literatura infantil latinoameri-
  cana del siglo XX / Premio Skipping Stones a la Diversidad Étnica 2002)
- *Caminantes del Sol* (Mención de Honor
  Premio Nacional Darío Guevara Mayorga
  2002)

- *Torbellino* (2002)
- *Un día más y otras historias* (Premio Skipping Stones a Temas Ecológicos 2006)
- *Olivia y el unicornio azul* (2008)
- *El perro, el farolero y una historia de libertad* (2008)
- *El caballo, la rosa y una historia de rebelión* (2008)
- *Cuentos del Yasuní* (Mención de Honor Premio Nacional Darío Guevara Mayorga 2010)
- *Martina, las estrellas y un cachito de luna* (2011)
- *Sueños con sabor a chocolate. Una historia de hadas y elfos* (2011)
- *Micky Risotto y el perro chihuahua* (2011)
- *Los hermanos que cosechaban cuentos de hadas* (Mención de Honor Premio Latinoamericano de Literatura Infantil y Juvenil 2012)

Cuaderno
de actividades

loqueleo

Para empezar

1 **Observa** la ilustración del Kapak Ñan y **responde**: ¿Cuánto crees que les tomaba a los inkas caminar desde Tomebamba hasta Cusco? **Explica** tu cálculo.

¿Sabías que ñan es una palabra quichua que significa 'camino'?

Comprender los contenidos implícitos de un texto mediante la realización de inferencias fundamentales y proyectivo-valorativas a partir del contenido de un texto.

2 ¿Qué sabes de los *inkas*? **Dibuja** un elemento que conozcas acerca de esta cultura.

3 **Escribe** un acróstico con el nombre Camino Real.

C ▶ ....

A ▶ ....

M ▶ ....

I ▶ ....

N ▶ ....

O ▶ ....

R ▶ ....

E ▶ ....

A ▶ ....

L ▶ ....

Inferir y sintetizar el contenido esencial de un texto al diferenciar el tema de las ideas principales.

1 **Elabora** un trabalenguas con los personajes y locaciones descritas al inicio del libro.

>

244

2 **Responde**: ¿Quiénes aparecen en la ilustración?

3 **Lee** el sueño que tuvo Kispi Sisa. Luego, **recuerda** alguno que hayas tenido recientemente, **dibújalo** y **descríbelo**.

_____

_____

_____

_____

_____

_____

_____

Reinventar los textos literarios y relacionarlos con el contexto cultural propio y de otros entornos.

4 **Realiza** una ilustración acerca de cómo crees que Kispi Sisa obtuvo aquella mancha en forma de huella de puma en el brazo.

246

5 **Enlaza** los conceptos como corresponda.

kuraka	mes de mayo
Jatunkuski	Apu Puma
mes de siembra	*amawtas*
intelectuales	agosto
sabios	Kapak Ñan
Camino Real	*yachas*
Kurikancha	templo del Sol

Autorregular la comprensión de textos mediante el uso de estrategias cognitivas de comprensión: parafrasear, releer, formular preguntas, leer selectivamente, consultar fuentes adicionales.

6 **Completa** el dibujo y **decóralo** a tu gusto.

Recrear textos literarios leídos o escuchados mediante el uso de diversos medios y recursos (incluidas las TIC).

7 **Completa** el crucigrama.

Verticales

a Pueblo que habitaba el antiguo Cusco.

b Primer gobernante *inka*.

c Lugares sagrados.

d Antepasados de los *inkas*, hijos del Sol.

Horizontales

e Hermana modesta.

f Hermana bravía.

g Hermano convertido en piedra y poseedor de poderes mágicos.

248

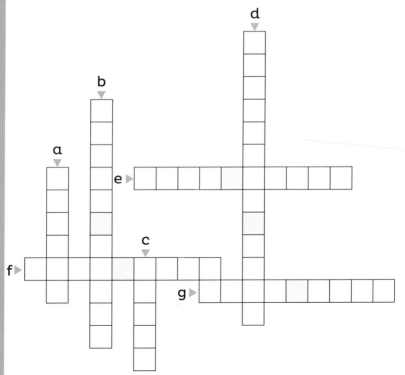

8 ¿Reconoces a los personajes de la ilustración? **Identifícalos** y **escribe** sus nombres.

Reconocer en un texto literario los elementos característicos que le dan sentido.

9 **Encuentra** tres diferencias.

250

10 **Dibuja** cómo imaginas la ceremonia del *warachikuy* de Kusi.

Reinventar los textos literarios y relacionarlos con el contexto cultural propio y de otros entornos.

11 **Une** los puntos e **identifica** al personaje.

▶ ....
....

251

12 **Responde**.

¿Cómo se llama este fenómeno astronómico?

Acceder a bibliotecas y recursos digitales en la web, identificando las fuentes consultadas.

13 Investiga acerca de la Semana Santa. **Comenta** en clase cómo la celebran tus familiares y amigos.

14 Encuentra en la sopa de letras las siguientes palabras:

| puma | kuraka | kipu | kipukamayu |

| supay | inka | kapak ñan | katina |

A	E	T	Y	I	K	Ñ	O	S	K	R
S	K	E	U	N	A	E	S	R	I	I
G	A	P	O	K	B	P	Ñ	T	P	T
T	P	U	M	A	F	U	E	S	U	R
J	A	F	R	T	K	U	R	A	K	A
U	K	E	D	S	I	Ñ	I	M	A	S
N	Ñ	I	A	N	P	K	E	S	M	E
I	A	S	O	S	U	P	A	Y	A	G
K	N	A	D	E	S	R	T	N	Y	L
L	O	K	A	T	I	N	A	S	U	Ñ

Registrar la información consultada con el uso de esquemas de diverso tipo.

15 **Forma**, con letras recortadas de revistas, el nombre del río que el grupo esperaba cruzar.

16 **Explica** cómo sería una «llanura de la alegría» para ti.

▷

TERMINASTE DE LEER
¡FELICITACIONES!

Incorporar los recursos del lenguaje figurado en sus ejercicios de creación literaria.

Después de mí lectura

1 **Une** cada personaje con su nombre.

Punchaw, el Sol niño

Mama Waku

Pachakutik

Puma

Illapa, el dios Rayo

Reconocer en un texto literario los elementos característicos que le dan sentido.

2 **Recorta** las piezas de la página 263 y **arma** el rompecabezas.

Recrear textos literarios leídos o escuchados mediante el uso de diversos medios y recursos (incluidas las TIC).

3 **Nombra** a los personajes y **numéralos** según su orden de aparición en el libro. **Escribe** una característica de cada uno.

¿Te gustaría ser como él?

Reconocer en un texto literario los elementos característicos que le dan sentido.

4 **Decora** las siluetas con el traje típico de los saraguros.

Recrear textos literarios leídos o escuchados mediante el uso de diversos medios y recursos (incluidas las TIC).

5 **Dibuja** un plano de la ciudad de Cusco en la época de los inkas y **señala** los cinco edificios que consideres más importantes.

Registrar la información consultada con el uso de esquemas de diverso tipo.

6 **Ubica** en el mapa tres sucesos importantes que pasaron en el viaje de Kispi Sisa.

7 En una hoja **elabora** un *collage* que represente los acontecimientos del capítulo XI del libro. **Exponlo** en clase.

Registrar la información consultada con el uso de esquemas de diverso tipo.

Después de mi lectura

8 **Observa** las ilustraciones y **escribe** en tu cuaderno tres microcuentos que cambien el final de esta historia.

9 **Investiga** en YouTube cómo es el baile de las cintas que aparece en la ilustración y **prepara** una coreografía con tus compañeros.

10 ¿Qué crees acerca de los mitos que se desarrollan en el libro? **Opina** en clase acerca de la trama de la historia.

Incorporar los recursos del lenguaje figurado en sus ejercicios de creación literaria.

Ficha de lectura

Mi nombre:

Año:

Título de la obra:

Autora:

Ilustradores:

Número de páginas:

Editorial:

Año de publicación:

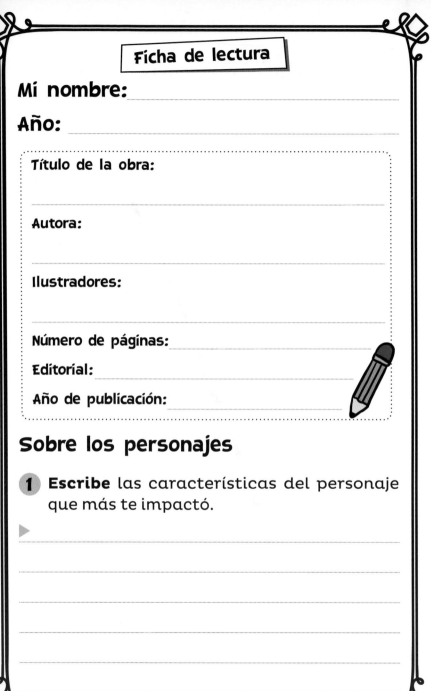

Sobre los personajes

1 **Escribe** las características del personaje que más te impactó.

Sobre los escenarios y la historia

2 **Piensa** en alguno de los lugares misteriosos donde ocurrieron las aventuras de los dos niños de la historia, y **dibújalo** tal como lo imaginaste.

¿Cómo te sentiste al leer este libro?

Me encantó.	Me gustó.	Lo disfruté poco.

Recortables para la actividad de la página 255.

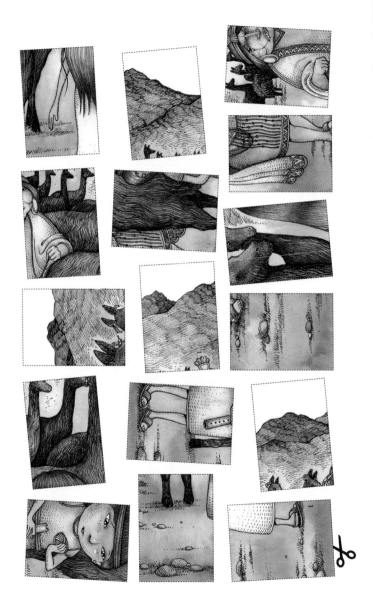

Aquí acaba este libro
escrito, ilustrado, diseñado, editado, impreso
por personas que aman los libros.
Aquí acaba este libro que tú has leído,
el libro que ya eres.

loqueleo